ハヤカワ文庫 SF

〈SF2476〉

宇宙英雄ローダン・シリーズ〈734〉

中央プラズマの危機

H・G・フランシス&マリアンネ・シドウ

岡本朋子訳

早川書房

9154

PERRY RHODAN
HISTORIE DER VERSCHOLLENEN
ZENTRALPLASMA IN NOT
by
H. G. Francis
Marianne Sydow

Translated by
Tomoko Okamoto
First published 2025 in Japan by
HAYAKAWA PUBLISHING, INC.
This book is published in Japan by
arrangement with
HEINRICH BAUER VERLAG KG, HAMBURG, GERMANY
through JAPAN UNI AGENCY, INC., TOKYO.

目次

中央プラズマの危機

失踪者の歴史

H・G・フランシス

登場人物

イホ・トロト……………………ハルト人。《ハルタ》指揮官
ドモ・ソクラト………………同。アトランのもとオービター
パンタロン……………………ポスビ
テンクオ・ダラブ……………ハルト人。トロトたちの案内役。科学者
アチャン・アラー……………同。歴史博物館の館長
タルスパット・ファー………同。著名な老科学者
アスファト・タサグ…………同。ハイパー無線の専門家
ディプロ・ファラ……………同。委員会のスポークスマン

1

「兄弟よ、第二の故郷へようこそ。宇宙の善なる力が、あなたがたを祝福しますように」

イホ・トロトとドモ・ソクラトはハルポラ星系に到達したさいに、このメッセージを受信した。それはこの星系の第三惑星であるハルパトから送信されたものだった。

「すばらしい」トロトがもう一度メッセージを再生すると、ポスビのパンタロンが叫んだ。「こんなに歓迎されるとは思っていませんでした。非常に光栄です。でも、どうやってかれらはわたしのことを知ったのでしょう?」

イホ・トロトが大笑いする。

「かれらはまだきみのことを知らない」といって、ソクラトを見た。「兄弟とは、われわれふたりのことだ」

「それは正しくない情報だと、かれらにわからせてやらねば」と、ポスビは大声でいった。「わたしの存在をアピールするグリーティング・プログラムを作成します。テレカムに接続させてください。ここはひとつ強くいっておかねばなりません」

「それはやめておけ」トロトが反対する。腕を伸ばして、パンタロンがテレカムに接続するのを引きとめた。

「そいつはちがうな」ポスビは自分の主人たちに突然、友達口調でいった。「どのみち、わたしのことはもう知られてるよ。さっき無線通信でメッセージを送っておいたからね」

「なんだって?」トロトが怒ってたずねた。パンタロンの行動は予測不可能だ。突然、友達口調になると、とりみだすことがある。これまでにも多くの問題を引きおこしてきた。トロトは何百年も行方不明だった仲間との再会を目前にしてトラブルは避けたいと思う。これまでにないほど緊張していた。自分がどれほどかれらとの再会を心待ちにしていたかを痛感していた。とはいえ、ここは惑星ハルトではない。あの惑星で、仲間たちと語らいながら英気を養うことはもうできない。自分が根なし草になったかのようにも感じていた。以前は、帰郷できるということ、個性を重んじるハルト社会で生気をとりもどすことが、自分にとっていかに大事かをわかっていなかった。ソクラトもそうだったにちがいない。

「それはありえない」トロトは叫んだ。「わたしはずっと司令室にいたのだから」

笑顔で不安を隠そうとする。

「パンタロン、きみはどうかしている。テラナーなら、〝あたまのネジがはずれている〟というだろう。ロボットにはぴったりの表現だ」

「わたしはロボットではない」パンタロンはトロトの口調をまねて、いいかえした。

「最高レベルの知性体だ。おそらく宇宙で唯一無二の存在だぞ」

「悪かった。侮辱するつもりはなかった。ただ、きみのふるまいは知性体らしくないといいたかったんだ」

「知性体らしくなくても、メッセージは送ることができましたよ」

「そんなのは嘘だ」ソクラトが自分のシートに身を沈めながらいった。

「送ったか、送らなかったかは、すぐにわかるさ」

「どこからメッセージを送ったんだ？」トロトがたずねた。

「あそこからですよ」ポスビは船の後部を指さして堂々と答えた。「予備部品倉庫で、まだ作動する通信機を見つけたんです」

ふたりのハルト人は驚いて顔を見あわせた。それは予想外のことだったからだ。

「それで？」トロトは質問をつづける。「なにを送ったんだ？」

パンタロンは笑う。

「驚いたようですね」うれしそうな顔でいった。

「驚いて当然だ。なぜ、そんなことをした？」

「もう少しこの物語をおもしろくしたかっただけですよ。あなたたちが仲間に再会して泣きくずれたりしないように」

「なんだって」

「予想外の展開ってわけか」

「いますぐに、メッセージの内容をいわないと、そのからだをバラバラにしてやるぞ」ドモ・ソクラトが脅す。

「あなたには物語をつくる才能がないらしい」とパンタロン。

「早く、いえ！」

「まあ、たいしたことじゃありませんよ。少しばかりあなたたちを警戒するよう忠告しただけ」

シートを回転させてからだの向きを変えたトロトの目つきが鋭くなる。

「警戒するように？　それはどういう意味だ？」

「怒らないでくださいね」ポスビはなだめるようにいった。「あなたたちがスパイかもしれないって忠告しただけですから」

「なんだって」ソクラトはポスビが主ハッチまであとずさりするほどの勢いで食ってか

かった。「なんてことをしてくれたんだ」

「落ちついて」とパンタロン。「たいしたことじゃありませんから」

「なんで、そんなふうにいえるんだ？」トロトがどなった。

「匿名でメッセージを送信したからですよ。密航者のふりをしたんです。《ハルタ》がハルパトに着陸したら、自分はもうコンヴァーターのなかで死んでいるはずだ、ってね」

＊

《ハルタ》がハルパトに着陸したとき、パンタロンはもちろん死んでいなかった。けれども、司令室にはおらず、イホ・トロトとドモ・ソクラトとともに下船もしなかった。船のどこかに身をひそめて、いじけていた。ハルト人ふたりが自分の行動をほめてくれなかったことが理解できなかったからだ。

トロトとソクラトはすでにハルポラ星系に関する情報を入手していた。星系の第三惑星はハルパト、第二惑星はドンガン、もっとも内側にある水星タイプの大気のない岩塊惑星はヴィムテシュと呼ばれている。ヴィムテシュはハルト語で〝役たたず〟や〝不要品〟を意味する。ハルポラ、ヴィムテシュ、ハルパトはハルト語が語源だが、ドンガンだけがちがった。それには理由があるにちがいない。

実際、ドンガンは特殊な惑星だ。トロトとソクラトはハルポラ星系への飛行中に、

《ハルタ》の技術を駆使して、星系に関する科学データを集めた。シントロニクスの力を借りて、さまざまな測定をおこなった。その結果、ドンガンが十万年前に恒星ハルポラに引きよせられたことを示す証拠が多数見つかった。ドンガンの軌道面は、ほかのふたつの惑星の軌道面に対して三十六度傾《かし》いでいる。それがその証拠のひとつだった。

「ドンガンの重力がハルパトとヴィムテシュの軌道を乱している」イホ・トロトは司令室に入ってきたドモ・ソクラトに向かっていった。

「わたしの調査でも同じ結果が出た。おそらく十三万年後には、星系の重力の力学的安定性が崩れ、三惑星は猛スピードで恒星に吸いこまれてしまうだろう」と、ソクラトは答えた。

ハルパトには宇宙港が数多くあった。《ハルタ》が着陸したのはそのなかのひとつ。どの港も三隻以上の船を収容できるスペースはない。ハルパトには都市もない。ハルト人は密な居住環境を好まず、できるだけ他者と離れて暮らそうとするからだ。けれども、いくつかの大陸には、惑星ハルトにはなかったような建築群が見られた。トロトとソクラトはそれらに関心を寄せていた。

ハッチが開くと、五十人のハルト人が歓声をあげながら迎えてくれた。

イホ・トロトとドモ・ソクラトは昔と変わらない仲間の姿を見て安堵する。長い年月をへて、ふたたび家にもどったような気持ちになる。もちろん、ここは惑星ハルトではない。けれども、いまのふたりにとってそんなことはどうでもよかった。仲間がこうして着陸床に立ち、迎えいれてくれただけで充分だった。

ハルト人は個人主義者だ。それは着陸床での立ち位置にもあらわれている。各人が腕を伸ばしても触れあわないほど充分な間隔をとって立っていた。

ハルト人にとって個人主義以上に重要なことはないのだ。

ふたりの〝帰郷者〟は、この惑星の重力が二・八Gしかなく、惑星ハルトや《ハルタ》の三・六Gに比べてかなり低いことなど気にしなかった。

いまは仲間の態度にしか興味がなかったからだ。その態度はふたりを安心させるものだった。着陸床にいるハルト人たちはリズムよくてのひらをこすりあわせて音を出している。それはハルト人の愛情表現であり、久しぶりに会う仲間に対してのみ見せる歓迎のジェスチャーだった。

トロトとソクラトは《ハルタ》を降り、みんなと同じようにてのひらをこすりあわせた。仲間の笑顔を見つめながら、七百年以上たってもまだ自分たちが忘れさられていなかったことを理解した。

ハルト人の多くが讃辞と心のこもった言葉を口にした。種族の英雄であるふたりがもどってくる日を心待ちにしていたと話した。

歓迎の儀は非常に心温まるものだったが、華やかなものではなかった。惑星全体が熱狂の渦に包まれたわけではない。とはいえ、トロトとソクラトは大勢の仲間が宇宙港に集まってくれただけでうれしかった。十人しか集まらなかったとしても光栄に思っただろう。自分たちの帰還が公共メディアで惑星全体に報じられていることも知っていた。

ハルパトの住民の大半は仕事を中断し、画面上で歓迎の儀を見ていた。

ひとりの男がふたりのもとにやってくる。トロトはその男が最初から非常に謙虚な態度を見せていたことに気づいていた。

「テンクオ・ダラブです」と男はいった。「一度、ハイパー無線で話したことがあります。これからの数日間、あなたがたが新しい生活に馴染めるようサポートさせていただきます」

「ありがとう」トロトは答えた。「気になるメッセージを受けとったかもしれないが」

「ええ。ですが、その問題はすでにコンヴァーターのなかで解決したはず」

やっぱり！　とトロトは思う。あのおかしなロボットは、本当のことをいっていたのだ。

そして大声で笑った。

「それが、まだなのだ」と答える。「われわれの船に乗っているパンタロンという名のポスビが精神的に不安定な状態にあり、困っている」

テンクオ・ダラブはうなずき、トロトは男がその言葉を待っていたことを理解する。

よってそれ以上は、ポスビとその妄想癖について説明しないことにした。テンクオ・ダラブがパンタロンに会えば、自然と問題は解決すると思ったからだ。

「家を二軒用意しました」テンクオ・ダラブが説明する。「宇宙港の近くにあります」

「ありがとう」ソクラトが礼をいう。「可能なら、いますぐその家にいって休憩したい」

テンクオ・ダラブはソクラトの要望を受けいれた。ふたりが耐えぬいた宇宙船での過酷な生活を想像したからだ。《ハルタ》を下船したばかりの者たちにとって、いま一軒家でからだを休めることが大きな癒しになることは容易に理解できた。

黄色の反重力プラットフォームが近づいてくる。三人はそれに乗りこむと、てのひらをこすりあわせている仲間たちに見送られながら宇宙港を去った。

「正式な歓迎会も予定されています」テンクオ・ダラブが説明する。「ですが、いますぐではありません。まずは休んでください。そのあとで名誉ある会を開きましょう」

「わたしがもっとも知りたいのは、近年のハルト人の歴史だ」トロトが本音をいう。

「この七百年間になにが起きたのかを知りたい」

「了承しました」テンクオ・ダラブが理解を示す。「ちなみに近年の歴史について、すでに知っていることはありますか？」

「ほとんどなにも知らない」とトロト。

「断片的な情報しか持っていない」ソクラトがつけくわえる。「だが、それらは伝説や噂から得た情報なので正確とはいえない」

「ここには完全な歴史記録があります」とテンクオ・ダラブ。「数日以内に歴史家をご紹介します。歴史博物館にいけば、すべての質問に答えてもらえるはずです」

トロトは安堵のため息をついた。

「ありがとう」と礼をいう。「わかってもらえないかもしれないが、わたしにとって種族の歴史と運命を知ることは非常に重要だ」

そして《ハルタ》に目を向けた。ハッチに立っているパンタロンに気づく。あとで話しあおうと思うが、いまは船に残すのが賢明だと考える。もちろん、ポスビの気持ちなど知る由《よし》もなかった。

実は、パンタロンは深く傷ついていた。

歓迎の儀は短く、ハルト人たちの歓声も控えめだったが、それでも、すべてはトロトとソクラトに向けられたものだった。つまり、ポスビは完全に無視されていたのだ。ふたりがアンドロメダ銀河への道を見つけられたのは、ポスビの努力の賜物《たまもの》だという者はいなかった。トロトとソクラトもポスビについてはなにもいわなかった。

パンタロンは自分の存在価値をなんとしてでも認めさせたいと思っていた。

ハルト人はわたしのメッセージを無視した！　あんなやつらにあたまをさげる必要は

ない。

パンタロンはハッチを出て、着陸床に降りる。トロトとソクラトがいない《ハルタ》に残っていたくなかったからだ。

ポスビはクロノフォシルが活性化したおかげで感情どころか芸術的な才能を獲得するほど進化したが、ロボット的な要素もまだかなり持っていた。自分自身を過大評価してしまうのもそのひとつだ。真の知性体にはほど遠いといっていい。いっぽう、体内は二・八Gのハルパトの重力にも適応可能なマイクロ重力発生装置、探知ユニット、ハイパーエネルギー・センサーなどのハイテク装置で満たされていた。

パンタロンは監視ロボットの攻撃をかわしながら驚くべき速度で着陸床を走りぬけた。宇宙港を去り、幅広の低木が密集する密林のなかを進む。猛スピードであらゆる障害物を飛びこえ、飛びこえられない場合は、低木の幹に登り、ほかの木に飛びうつった。そうしているあいだも、三人を乗せた反重力プラットフォームから目をそらすことはなかった。

三人が丘の上の林のなかにある二軒の家にたどり着いたとき、パンタロンはそこから百メートルほど離れた場所にいた。テンクオ・ダラブが客人たちを家に案内し、反重力プラットフォームで去るまで枝の上で待つ。そのあと急いでトロトが入った家に向かった。

「きましたよ」と叫んだ。「たまにわたしのことを忘れているように見えますが、歓迎してくれますよね」

トロトは知らない者を見るような目でパンタロンを見た。いまはポスビのことよりも、ハルト人の歴史のことであたまのなかがいっぱいだったからだ。

パンタロンは実に奇妙な形をしていた。

向かいあう三つのX字形金属片が胴体を形成し、何百ものブラシの毛のような脚がそれを支えていた。その上に、金属製アーチ六本で構成された輝くドームがそびえる。その下には、三本の細い糸につるされた青い球体がぶらさがっていた。どうやら、そこが生体ポジトロン・ロボットの有機部分のようだ。すべてのポスビには、こぶし大ほどの細胞プラズマがあり、半生体の神経束を通じて制御ポジトロニクスに接続されている。パンタロンは三本腕で、それぞれがX字形金属片から分岐していた。

「すまない」トロトがあやまった。

「このような扱いを受けるのは心外です」パンタロンが語気を強めていった。「このままオービターの任務をつづけるべきかどうか考えているところです」

「それはきみが自分で選んだ仕事だ」トロトが指摘する。

「そのとおりです。だからこそ、辞任すべきかどうか真剣に考えているんじゃないですか」

ポスビよりも知的レベルが高いトロトは父性的な忍耐でその不満を受けとめた。とはいえ、パンタロンが早く話を終わらせてくれることを願う。歴史博物館のことが気になり、いますぐにでも出発したかったからだ。

自分の仲間がまだ存在していることに、トロトは安心感を覚えていた。あのような歓迎を受けたことが、その証拠だった。それまでは噂に頼るしかなく、ハルパトに着陸するまではすべて半信半疑だった。

「なら、ゆっくり考えればいい」トロトはパンタロンに提案する。「気持ちが落ちつくまで、ここにいてくれてかまわない。わたしはいそがしくしているが」

「滞在を許していただき光栄です」ポスビはうやうやしく答えた。

そのあとトロトは家の裏庭にいき、そこにある椅子形の反重力グライダーを確認した。適度な大きさで、乗り心地もよさそうだ。片方の肘かけに操作パネルがついている。腰かけるとすぐにグライダーを起動させた。

「目的地を教えてください」シントロニクスがたずねた。

「歴史博物館へ」トロトは答えて、椅子に身を沈めた。

グライダーは高度二百メートルまで上昇し、加速する。宇宙港がある丘陵地帯と複数の島が浮かぶ細長い湖を越え、ロボットがつくった緑豊かな谷間の公園の上を飛行する。楕円形の湖のほとりでは、太陽電池におおわれた貝殻形の建造物が七色に輝いていた。

トロトはガラス張りの入口の前に着地すると、半重力グライダーから降りた。グライダーの横に立ったまま公園を眺め、その美しさに感動する。

しばらくのあいだその場に立ちつくし、木々や藪や草花を愛《め》で、鳥のさえずりや虫の鳴き声を堪能した。

「ここは美しいでしょ?」うしろから声がした。トロトは感動していることがばれないよう、ゆっくりと振りかえった。

太った背の低いハルト人が立っている。色素が抜けた肌は異様に白い。超高齢者のようだ。

「わたしの名はアチャン・アラー」グレイの肌の男は自己紹介する。「歴史家です。テンクオ・ダラブから、あなたが種族の歴史に興味を持っていると聞きました」

そして、ほほえんだ。

「われわれもあなたの歴史に同じくらい興味を持っていることをご存じですか? 前代未聞の英雄の歴史に」

「大げさにいわないでください」トロトは頼んだ。「歴史家なら、ハルト人が数多くの英雄を輩してきたことをご存じのはず。わたしなどかれらの足もとにもおよびません」

2

アチャン・アラーはそのホールを〝ヒスト・ホログラフィー・ホール〟と呼んだ。その呼び名が賞讃されることを期待して、イホ・トロトの反応を見る。けれども、トロトは無表情で、感情や思考を表に出さない。ただホールを見まわしていた。そこにはハルト人用につくられた十脚の特注の椅子以外はなにもない。マイクロ重力発生装置つきの椅子は、床から一メートルほど浮いている。トロトはそのうちのひとつに腰をおろした。

「映像はあなたの思いどおりに制御できます」と、歴史家はいう。

「もっと詳しく説明してください」トロトが頼む。「どうやって操作するのですか？」

「そのうちにわかりますよ。ただ椅子に深く腰かけてリラックスし、これから起こることを楽しみに待っていてください」

イホ・トロトは疑わしげに男を見つめた。

「わたしが自分勝手に映像を制御すれば、歴史的事実がゆがめられませんか？」

「事実は変えられません。あなたはすぐにそれに気づくでしょう。変えられるのは視点だけです。出来ごとのプロセスには影響をあたえられません」歴史家は四つの手のうちのふたつを上げて、その言葉を強調した。「ここでお伝えすることは、すべて事実にもとづいています。これまでは、メッセージや伝説や噂から情報を得てきたとおっしゃいましたが、これから見ていただくものは真実です。まずは、ハルト人が受けた〝電光〟の攻撃の全貌をお見せしましょう」

男は手をおろし、身をひるがえして部屋を出ていった。ドアが音もなく閉まるやいなや照明が消えた。

映像が見えると、トロトは四人のハルト人がいる通信センターにいるような錯覚におちいる。もちろん、四人には自分の姿は見えない。壁一面をおおう複数のスクリーンには、遠方の惑星と宇宙からのさまざまな報告が表示されている。それを見るだけで、ハルト人が〝百年戦争〟勃発以来、銀河系に侵入してきた多数の敵と戦ってきたことがわかる。スクリーンのひとつにはNGZ四八五年という記載があった。

イホ・トロトは、ハルトの宇宙船の司令室がうつしだされたスクリーンに注目する。操縦席にすわっているのがハルト人のサラム・ホーカットだとわかる。けれども、その名をだれかに教えられたわけでも、会ったことがあるわけでもない。次の瞬間、トロトは司令室にいた。サラム・ホーカットがすわる操縦席から一メートルも離れていない場所に立っている。驚いてあとずさりする。見知らぬ人物に近よりすぎて動揺していた。

「すみません」と、思わずあやまった。「こんなにも近よるつもりはなかったのです」

サラム・ホーカットはそれを無視し、スクリーンにうつしだされた五十隻の宇宙船を指さした。

「電光だ」といった。「われわれはその正体がカンタロのエリート特殊戦闘部隊だと確信している。だから長年その戦術を研究してきた」

「それで、戦術理論は解明できたのですか？」トロトがたずねた。

「何年もかけて電光の戦術を分析してきたが、まだだ。だが、この不気味な敵が惑星ハルトを次の目標のひとつに選んだということだけはわかった」

「だとすると、なにが起こるのですか？」とトロト。

サラム・ホーカットはシートを回転させて、うしろにいる男を見つめた。その瞬間、トロトは自分が歴史博物館のホールにすわって情報収集をしていることを完全に忘れてしまう。実際に面と向かってサラム・ホーカットと話していると思いこんだ。

「ハルタ宙域を封鎖宙域に指定する。そうすれば、この宙域にいる無関係な人々を電光の攻撃から守ることができる」

「本当にそれは必要でしょうか？」トロトがたずねた。「ハルト人には電光の攻撃を撃退する力があると思いませんか？　防衛線を宇宙の遠隔地に移動させれば、この惑星は守られるのでは？」

「それは無理だ」サラム・ホーカットは答えた。「そもそも、われわれには電光の攻撃を撃退する手段がない。遠隔地でも、この星系内でも、それは同じだ。よって純粋な防衛戦術に頼るしかない」

ふと、あたまに浮かんだひとつの考えが、トロトの意識を通信センターへもどした。そこにある情報から、ハルト人が四八五年初頭から電光の攻撃に備えて準備してきたことが明らかになる。だれもが攻撃されると信じて行動していた。

そのとき、ポジトロン装置のひとつが、ハルタ星系に多数のマイクロゾンデが設置されたことを告げた。ハルト人は敵の通信を傍受するつもりなのだ。

スクリーンのひとつに、いくつかの小丘がうつしだされる。トロトは反重力グライダーに乗せられて小丘へと飛び、懸命に働くハルト人グループのそばに着地させられる。そこでロボット・マシンを使って強力なエネルギー・フィールド・プロジェクターを設置中の男たちの話を聞いた。

「銀河系では、ハルト人がギャラクティカムから脱退しようとしているとの噂が広まっている」グループのなかのひとりがいった。「それは、われわれがこぞって防衛作戦の準備をしているからだ」

「だが、その理由をギャラクティカムに説明しているひまはない」別の者がいった。

「ギャラクティカムから脱退するつもりはないが、誤解を解くのは、電光を撃退し、最大の危機を回避してからでも遅くはない」

ようやくトロトは状況を把握する。ハルト人は、電光から攻撃された瞬間に、砲弾が貫通不可能なハイパーエネルギー性防御バリアで惑星全体をおおうつもりなのだ。

トロトはあとずさりする。すると、かれの意識は高速で未来へと進み、ハルト人が作戦準備をしている時間を早送りして四八五年八月に移行した。そして次の映像があらわれた。

トロトはふたりのハルト人がいる司令センターにいた。探知モニターには、高速で惑星ハルトに接近している五隻の電光の宇宙船がうつしだされている。どこかで警報サイレンが鳴りひびいていた。

トロトは、ギャラクティカーにこの攻撃の情報が伝わっているかどうか知りたいと思う。そのとき司令センターの映像が消え、代わりにアチャン・アラーがホログラムとしてあらわれた。まるでトロトの思考を読んだかのように。

「かれらはなにも知らない」と、無言の質問に答えた。「ギャラクティカムのメンバーもこの攻撃に気づいていない」

映像がふたたび変わると、トロトはなだらかな丘のそばに立つ数軒の家のあいだにいた。そこに住む科学者を何度も訪ねて、議論したことを思いだす。サイレンの音が聞こえるとすぐに空が赤く染まり、火花を散らす光の筋が空を横切った。同時に空気がふるえ、耳をつんざくような雷鳴と轟音《ごうおん》が鳴りひびいた。

トロトは心配そうに空を見あげ、目に見えない防御バリアがエネルギーの激流に打たれるようすを観察する。炎の舌が貪欲に惑星の地表に向かって伸びるが、届くことはない。防御バリアは打撃を受け、いたるところにくぼみができていたが、なんとか持ちこたえていた。

目に見えないこぶしを持った渦巻きがトロトに襲いかかり、熱気が皮膚を刺す。トロトは本当に自分が燃えているような感覚におそわれる。とっさに家の壁のうしろに逃げこんだ。そしてハルト人はこの攻撃に耐えられないかもしれないと思った。

トロトの意識はこんどは中央制御センターにいるのに気づく。もう皮膚には痛みを感じない。スクリーンには、惑星ハルトの被害の全貌がうつしだされていた。惑星全体をおおう防御バリアは持ちこたえていたが、巨大なエネルギーが貫通したため自然災害が広範囲で発生していた。

「もっとエネルギーが必要だ！」中央制御センターにいる科学者のひとりが叫んだ。「これ以上バリアにエネルギーを供給できない」

「発電所はすべて最大出力で稼働している」もうひとりの科学者がいった。

「あと数秒しか持ちこたえられない」三人めの科学者がいった。「奇跡でも起こらないかぎり、ハルトは消滅するぞ」

イホ・トロトはクロノメーターを見た。秒針が進む。事態は切迫している。バリアはいつ崩壊してもおかしくない。ハルト人は崖っ縁に立たされていた。惑星の崩壊は避けられないように思える。スクリーンには、発電所の出力が限界に達したとの表示が出ていた。中央制御センターのハルト人たちは制御コンソールに背を向ける。かれらはもはや逆転劇を期待していない。そのとき、電光の攻撃がやんだ。五隻の宇宙船はハルトから離れて加速し、宇宙の深淵へと消えていった。

「助かった」科学者のひとりが安堵の声を漏らし、シートに身を沈めた。「もうダメかと思った」

二基の発電所から、設備が完全に故障したとの報告が届いた。

「電光が交わしたメッセージの一部を傍受しました」トロトのすぐ隣りでコンピュータを操作していた科学者が叫んだ。「言語は不明ですが、それでも部分的に翻訳できるかもしれません」

ほかの者たちが、次の攻撃に備えてバリアを再構築するあいだ、その科学者は翻訳に没頭した。トロトは科学者のそばから離れない。興味津々《きょうみしんしん》で作業を見守る。新情報の入手に成功したかどうか、どうしても知っておきたかったからだ。

ついに、科学者は連想を駆使した翻訳方法を編みだした。そのおかげで、個々の言葉を理解できなくても、やりとりされたメッセージの内容を把握できるようになった。電光の言語で交換されたメッセージには、重要だと思われる表現がいくつか含まれていた。トロトは訳文を読みたかったが、それは無理だった。わかったのは電光のメッセージの要点だけ。〝ある時期〟がすぎれば、ふたたび攻撃が開始されるという。とはいえ、具体的な日付まではわからなかった。

トロトはうしろにさがった。するとホログラムが消え、ホールのドアから歴史家のアチャン・アラーが入ってきた。そして見た映像に満足したかどうかたずねた。

「感動しました」トロトは答えた。

「ですが、今日はこれで終わりにしましょう」歴史家が提案する。「テンクオ・ダラブが待っています。ある集会にあなたを連れていきたいそうです」

＊

パンタロンはイホ・トロトがなにもいわずに家を出ていったことを不服に思っていた。ポスビは侮辱されたと感じていた。

トロトがもどってきて、いっしょに連れだしてくれることを期待し、一時間も待ったが、帰ってきてはくれなかった。そんなわけで、ドモ・ソクラトに不満を聞いてもらおうと、かれの家に急いで向かったが、留守だった。かれもまたパンタロンを置きざりにしてどこかにいってしまったのだ。

「無礼にもほどがある！」ポスビはトロトの口調をまねて怒声をあげた。「ふたりとも物事の優先順位を忘れてしまったようだ」

「本当にそうかな？」背後でだれかがたずねた。

パンタロンは驚いて振りかえった。

「そうですとも！」反重力プラットフォームに乗って静かに近づいてきたテンクオ・ダラブに気づくと、叫んだ。

ハルト人は飛行装置から降りると、四本の腕をからだの前で組み、赤く輝く目でポスビを見た。

「もしかしたら、なにか理由があったのかもしれない」

「わたしもそう考えました」とパンタロン。「なんといっても、かれらは極秘任務を遂行するためにここにいるわけですからね。わたしのような正直者がつねに任務に必要だとはかぎらない。もしかすると、アスファト・タサグのところにいったのかも。トロトが最近その名前を口にしていたから」

テンクオ・ダラブは近くにあった岩の上に腰をおろした。

「可能なら、その極秘任務について話してほしい」といった。「いま話す時間はあるか？」

それは、まさにパンタロンが求めていた展開だった。

「もちろんですとも」と、満足げに答えた。「あなたは礼儀正しい。トロトとソクラトは任務に没頭するあまり、礼儀というものを忘れてしまったみたいだ」

「まさに、それについて話したいんだ」とテンクオ・ダラブ。「われわれは《ハルタ》から無線通信で警告を受けとった。ふたりがどんな危険をもたらし得るのかを知りたい」

パンタロンは身をこわばらせた。青い球体が風に揺れている。ポスビは警告の内容が過激すぎたと反省する。

あのときは、ふたりからぞんざいに扱われていると感じて、自分の存在をアピールしたかったのだ。かれらを困らせたかったわけではない。友と見なしているからこそ、もっと敬意をはらってほしかった。しかし、なにをやっても、ふたりから思うような承認を得ることはできなかった。だから、少しだけトリックを使ってもいいと考えたのだ。

パンタロンはいま、きわめて厄介な状況におちいり、混乱していた。テンクオ・ダラブに真実を話すのが賢明だとわかっているが、メッセージが完全な虚言だったことを認めてしまえば、トロトやソクラトだけでなく、かれからもぞんざいに扱われるおそれがある。

「どんな危険かは、わたしにはわかりません」と、あたりさわりのない返事をした。

「これはむずかしい問題なんですよ。というのも、わたしはあなたたちが持っている情報のすべてを知っているわけではないですからね」

「それはわかっている」と、ハルト人はいった。「いったい、だれがわれわれにメッセージを送ったんだ？」

「それには答えられません。トロトとソクラトから教えてもらっていないから」ポスビは嘘をついた。

「無線通信で、われわれに警告を発した者はその後どうなったんだ？」テンクオ・ダラブは質問をつづけた。

パンタロンは、いままさに事件が起こって不愉快な尋問が中断されることを願う。もちろん、そんな願いはかなわない。この苦境から自分を救いだしてくれるような事件は起こらなかった。

「わたしが知るかぎり、その人物はコンヴァーターのなかで死んだようです」と、パンタロンは答えた。「でも、トロトとソクラトがそれについて話すとは思いません。もし話すとしても、事実をねじまげるでしょう」

テンクオ・ダラブは立ちあがった。

「いま、いえることはそれだけか？」とたずねた。

「いまのところ、それ以上はお伝えできません」パンタロンは自分にのしかかっていた重圧が弱まるのを感じる。テンクオ・ダラブは尋問を終わらせる気だ。それは喜ばしいことだが、かれが自分に対する興味を失くしてしまうのは残念でもあった。

「わかった、ありがとう」その声は冷たかった。ハルト人は半重力プラットフォームに乗って飛びさった。パンタロンは、できれば引きとめてなにかいいたかったが、その冷ややかな態度から相手にはもう話す気がないことがわかった。

「あのハルト人も、トロトやソクラトと同じようにわたしをぞんざいに扱った」パンタロンは失望してつぶやいた。しばらくその場に立ちつくす。

「わたしがあなたのオービターになることは絶対にありませんよ！　こんなにもわたしを怒らせたんだから！」と叫んだが、ハルト人はすでに遠くへいってしまっていた。その声はもう届かない。「あのハルト人もわたしの存在価値を過小評価している」

パンタロンは小型の反重力プラットフォームがあるトロトの家にもどった。そのプラットフォームはこの家に最初からあったもので、みずから頼んでトロトから借りたものだった。パンタロンはこの惑星を周遊すると決めていた。特に、ほかの大陸に興味があった。願わくば、トロトとソクラトの関心を引くものを見つけたいと思っていた。

「たとえ、なにも発見できなかったとしても」と、飛びたちながら叫んだ。「ふたりの注意を引くなにかをやってみせるさ」

＊

歴史博物館からもどったイホ・トロトは、パンタロンが家にいないことを不思議に思ったが、それ以上は気にしなかった。ポスビが惑星ハルパトを周遊したいといっていたことを思いだしたからだ。

ドモ・ソクラトが訪ねてきて、話をする時間はあるかとたずねた。

「もちろんだ」とイホ・トロト。「きみに、先ほど知ったことを報告したくてたまらない」

ふたりはテンクオ・ダラブが家の前の木の下に置いてくれた美しい肘かけ椅子にすわると、恒星がはなつ暖かい光を浴びながら会話を楽しんだ。恒星の穏やかな光は、ぼんやりと赤く光る母星ハルトを思いださせた。

イホ・トロトは博物館訪問の話をし、ドモ・ソクラトは歓待してくれた科学者たちについて語った。

「われわれは大歓迎されているようだ」と、ソクラトはいった。「ここはまるでハルトのようだ」

しばらくすると、テンクオ・ダラブがふたりをある集会に招くためにやってきた。

「あなたがたを歓迎し、ぜひ会話したいと惑星じゅうから人が集まってきています」と説明する。「いたるところから招待状が届いています。ハルト人の多くが、科学研究の最新の成果をあなたがたに報告し、意見を聞きたがっているのです」

トロトはテンクオ・ダラブの言葉を少しだけ疑う。大げさにいっているだけのように聞こえたからだ。けれども、すぐにそれがまちがいだとわかった。そのあと数日間、実際にふたりはあらゆる分野の著名人に会った。数えきれないほどの同胞と話をし、過去に会ったことがある人にも何人か再会した。ハルト人の平均寿命は三千歳。よって、数百年前に関わった友人やライバルと再会しても不思議ではなかった。

どこへいっても、テンクオ・ダラブはつねにトロトとソクラトのそばにいた。ふたりを新たなハルト社会に紹介することが自分の役目だと思っているように見えた。

「多くの人に会わせてもらえるのは非常にありがたいことだが」トロトはコンサート会場から家にもどる途中でいった。「歴史についてまだ知らないことがあるのが残念だ。この惑星に到着してから八日たった。歴史博物館にいきたくて仕方がない。電光の攻撃から惑星を守りぬいたあとになにが起こったのか、どうしても知りたい。新たな攻撃があったのか？　ハルトが崩壊した理由は？　一度、荒れ果てて、だれもいなくなったハルトを訪れたことがあるんだ。なぜあんなことになったのか？　なにが起こったのか？なぜ、ハルト人は故郷を離れて別の銀河に移住しなければならなかったのか？」

テンクオ・ダラブはほほえんだ。

「歴史について知りたいという気持ちは理解できます」と答えた。「なにも隠すつもりはありません。質問にはすべてお答えします」

「では、電光の攻撃のあと、なにが起こったんだ？」ソクラトがたずねた。

「惑星ハルトのハルト人たちは、新たに攻撃されれば、惑星を守りぬくことはきわめてむずかしいと考えました」テンクオ・ダラブが説明する。「よってハルトを捨て、新たな故郷を見つけるほかないという結論に達しました。ほかに選択肢はありませんでした。それが最終手段だったのです。それにもかかわらず、内部で激しい対立が起きました」

「それは想像がつく」とトロト。「きっと全員が脱出の必要性を理解したわけではなかっただろう」

「基本的には理解していましたが、各々が各々のやり方で問題を乗りこえようとしたのです。ハルト人は惑星ハルトと特別な絆《きずな》で結ばれていました。それはまるで存在の一部のようなものでした。当時、ハルトで起こった出来ごとは、ハルト人以外の者には理解されませんでした。多くの者が絶望し、内部闘争を繰りひろげ、ハルト文明は滅亡の危機に瀕しました。そのうちの数百人は衝動洗濯にはしることで鬱憤を晴らしました。かれらの破壊衝動は際限がないように見えましたが、われわれは干渉せずに放置しました。なぜなら、暴《あば》れ者たちが精神的・心理的ストレスから解放されることがなによりも重要だったからです」

「博物館にいって、当時の記録を見てみる」とソクラト。

「ショックを受けることになりますよ」テンクオ・ダラブが心の準備をするよううながが

す。「史上最悪の苦しみと絶望のドラマを見ることになるでしょう」

「つまり、多くの者がその決定に反対した」トロトが確認する。「それにもかかわらず、惑星にとどまった者はひとりもいなかった」

「反対という言葉は適切ではありません」テンクオ・ダラブが訂正する。「多くの者はそれが唯一の解決法だという事実を受けいれたくなかったのです。かれらは別の方法を模索しました。けれども最終的には、それ以外に方法がないことを認めざるをえませんでした。ハルト脱出は避けられなかったのです。時間に制限があることが、状況をよりむずかしくしました。われわれは電光たちが交わしたメッセージの一部を傍受し、近い将来、攻撃がふたたび開始されることを知っていたのであせっていたのです」

「でも、いつ攻撃されるのかは知らなかった」トロトは博物館で得た情報を思いだしながらいった。

「はい」テンクオ・ダラブが認める。「それだけに急ぐ必要がありました。次の攻撃は数日後もしくは数週間後に開始されるかもしれなかったのですから。幸いなことに、ハルト人のほとんどが宇宙船を所有していました。それでも集団脱出は困難をともないました」

「それは、どのような形でおこなわれたんだ?」ソクラトがたずねた。三人は高度約三十メートルで湖上を飛行していた。機体の影が水面を滑り、魚の群れを驚かせる。おびえた魚は湖の底へ逃げこむか、恐怖にかられて水面から跳ねあがった。

「二、三百隻からなる船隊を組ませて、宇宙へ送りだしました」テンクオ・ダラブが答えた。「脱出は銀河系のほかの種族に気づかれないよう秘密裡《り》におこなわれましたが、うまくいきました。四九一年に脱出は完了しました」

「そして、そのあとに、第二の攻撃が開始された」ソクラトが確認する。

「はい。一年後の四九二年に」

「だが、ハルト人がだれひとり惑星に残っていなかったのに、攻撃されたことをどうやって知ったんだ?」トロトはたずねた。

「脱出後も銀河系関連の情報はつねに入手していましたから」テンクオ・ダラブが誇らしげに答えた。「この時期に、われわれの種族は強い絆で結ばれた共同体に生まれかわりました。それぞれが個人主義を維持しつつも、全体のためにできるかぎりの努力をするようになりました。その意味で、集団脱出という敗北を経験したこの時期は、ハルト史上もっとも重要な時代のひとつになったのです」

「それにしても、電光がカンタロ語を使用しなかったのは驚きだ」とトロト。

「われわれも驚いて、困惑せざるをえませんでした」テンクオ・ダラブは少し考えてからいった。そのとき、反重力グライダーがトロトの家に近づき、着陸態勢に入る。地平線にさしかかった恒星が風景を深紅色の光で包む。背中が黒い棘《とげ》でおおわれたイモリのような生物が草を食《は》みながら家の前をとおりすぎる。近づいてくるグライダーにはまったく動じない。体長は四メートルもあるが、テンクオ・ダラブが気にしていないところを見ると、危険な生物ではないようだ。

「それは、なぜだと思う？」ソクラトがたずねた。

「いくつかの可能性があります」とテンクオ・ダラブ。「明確な結論は出ていませんが、電光は異人にもシントロニクスにも解読できない戦闘用コード言語を開発した可能性があります。もしかすると、あえてわれわれにメッセージの一部を傍受させ、困惑させようとしたのかもしれません。または、かれらにとって有利な状況にわれわれを追いこむために、非常に巧妙なやり方で情報を提供しようとしたのかもしれません。真相は藪のなかです」

反重力グライダーが着陸すると、ふたりはテンクオ・ダラブに別れを告げた。ソクラトは自分の家に向かい、トロトは遠ざかるグライダーを見つめながら数分間その場に立ったままでいた。

何度もテンクオ・ダラブの最後の言葉を思いかえしていた。

〝真相は藪のなかです〟

トロトには電光の言語がいまだに翻訳不可能だということが信じられなかった。

テンクオ・ダラブは誇らしげに、ハルト人は優れた情報システムを所有し、銀河系関連の情報はすべて持っているといったではないか？　それなのに、電光の言語については情報がないというのか？　電光はハルトだけでなく、ほかの惑星も攻撃していたはずなのに……

イホ・トロトはテンクオ・ダラブの発言を信じることができなかった。あの男はなにかを隠しているのではないか？　もしそうだとしたら、それはなぜか？　自分とソクラトに秘密にしておきたいことがあるのか？　それほどわれわれは信用されていないのか？

トロトはテンクオ・ダラブが嘘をついているという可能性を否定できなかった。パンタロンと話そうと思い、家にもどったが、まだ帰っていなかった。旅に出てからもう数日がたつ。そろそろ心配しはじめていた。

3

パンタロンは反重力プラットフォームに乗って尾根を越え、空中で静止した。眼下には密林におおわれた谷が広がっている。いくつかの皆伐地《かいばつち》には研究施設がある。ほとんどの建物は周囲の風景に馴染むよう設計されているが、巨大な数棟の高層建築物だけは樹冠の上に飛びだしている。屋外工場もいくつか見えた。

そこでなにが製造されているのかは、パンタロンにはわからない。中間製品が製造ラインの終わりで包装され、別の場所に輸送されているようだ。

「ここでなにをしているんだ？」だれかが明瞭なハルト語でいった。

パンタロンはゆっくりとプラットフォームを回転させた。がさつな動作は避け、冷静な態度をとる。そうすれば、自分の存在価値をアピールできると思ったからだ。

三本脚の銀色に輝く物体が、十メートル先にある藪のなかからあらわれた。三本脚に支えられた全長半メートルのシリンダーの上には十数個のレンズがついている。

「おまえはロボットですね」パンタロンは意図的に声を低くし、冷たい口調でいった。

自分がロボットではなく、より高次の存在であることを誇示したかったからだ。

「そうだ」ロボットは答えた。「きみと同じように」

「おまえとは話したくありません」ポスビは語気を強めていった。「消えなさい。じゃまをするな」

「話したくないって？　それは、なぜだ？」ロボットは大声でたずねた。

「わたしの尊厳に関わるからです」パンタロンは相手を見くだすような口調でいった。

ロボットは三本脚のひとつをひっこめると、前方に大きく傾き、すぐにその脚をもとにもどした。そしてほかの脚を動かしてバランスをとると、滑稽な歩き方でポスビに近づいた。

「ロボットにも大きなちがいがある」と、話をつづけた。「わたしは真の知性を持つ、上位カテゴリーのロボットだ。だから、わたしとコミュニケーションをとることが、きみの尊厳を損なうことにはならない」

「ですが、おまえとは話す理由がありません」

パンタロンは十メートル上昇してロボットを見おろした。

「お願いだ。逃げないでくれ」ロボットは頼む。「わたしはいま、自分というものを発見しつつある。この段階でだれかと対話することが重要なんだ」

「それはおまえにとっては重要かもしれませんが、わたしには関係がない」パンタロンは冷たい口調でいった。「自分で自分を発見しなさい。そして、それができたら海に沈んでしまえ。そうすれば、おまえはもうだれのじゃまにもならないですからね。海底こそが最高の生き場だと気づくでしょう」

パンタロンは反重力プラットフォームの飛行速度を上げ、なだらかな斜面を滑りおりた。けれどもロボットはあきらめない。驚くほど機敏に動いて、パンタロンのあとを追いかけてきた。

「待ってくれ」ロボットは懇願する。「わたしの自己実現のプロセスをとめないでくれ」

ポスビは速度を落としてロボットが近づくのを待った。

「そのくだらない話で、わたしをわずらわせるな」と、どなりつけた。「自分がだれかわからず、自分を発見する必要があるなら、それはおまえに問題があるからですよ。回路のいくつかを交換してもらいなさい。いや、もっといい考えがある。スクラップにしてもらえばいい！」

自分の優位性を証明できたと思ったパンタロンは、ふたたび速度を上げて飛行する。ロボットがかんたんには追いかけてこられないような障害物の多いコースをとる。

四キロメートルほど進んだところで、パンタロンはうしろを振りむいた。ロボットが障害物を飛びこえ、水生植物の浮力を巧みに利用して沼地から脱出する姿が見えた。必死さが伝わってきて不愉快な気分になった。

パンタロンはこの状況下でどんな感情を抱くべきなのかがわからなかった。だれかが自分に関心を持ち、どんな困難を乗りこえてでも話したいと思ってくれていることはうれしかった。けれども、それがロボットであることが不満だった。ロボットには生物的な要素が欠け、軽蔑しか感じない。自分と同等の存在だとは思えなかった。

パンタロンはついに決心した。

ロボットを仲間として受けいれるつもりはない。

「わたしのオービターになれるなんて思わないことです」ロボットが追いつくと、ポスビは叫んだ。「おまえにはなんの価値もないんだから」

パンタロンは反重力プラットフォームの速度を上げると、ロボットの追跡をかわすために、断崖のまわりを旋回する。森の伐採地を滑りぬけたあと、コースを変え、うしろを確認しながらゆっくりと研究施設の上を通過した。しばらくすると、山の頂上にロボットの姿が見えた。相手の目をくらませられたことがわかり、安堵した。

「よし、これで本当に重要なことに集中できる」パンタロンは勝ちほこったように叫んだ。

「重要なことって、なんだ？」突然目の前にあらわれたハルト人がたずねた。次の瞬間、巨人に腕をつかまれ、パンタロンは逃げられなくなった。

＊

その翌日、テンクオ・ダラブがイホ・トロトを迎えにきた。別の大陸へ連れていきたいという。ドモ・ソクラトは最近発見した数百年前の文学作品に夢中になっていたため同行を断った。いまは、その作品を研究すること以外考えられないようだ。

「かれの気持ちはよくわかります」黄色に輝く海を越えて岩石海岸に近づくと、テンクオ・ダラブはいった。「あれは傑作です。ハルト脱出を描いた物語で、大きな成功をおさめています」

地平線にかかった黒い雲が、遠方の大陸で雨が降っていることを知らせる。イホ・トロトは水面を見おろす。増水した川から黄色い砂が海に流れこんでいることが見てとれた。

「あなたがたの冒険譚を文学作品にしたいと考えたことはありませんか?」テンクオ・ダラブはたずねた。「多くの者がその冒険について知りたがっていることを覚えておいてください」

「これまでに出会った者のなかには、わたしよりもはるかに魅力的な生涯を送ってきた者がいた」トロトは謙虚な意見を述べる。「いまのところ、自分の体験を公けにするつもりはない。それに、執筆はあまり得意ではない」

そこでトロトはその話を終わらせた。テンクオ・ダラブはそれを察し、それ以上の質問をしてこなかった。

そして、林が点在する高原に到着した。そこには大きなリング状の建物があり、リングのまんなかは花を咲かせた植物が生いしげっている。

ガラスに囲われた前庭の前に着陸すると、トロトは数人のハルト人から歓待を受けた。そのおかげで、テンクオ・ダラブとの関係に影が差していることや、かれが自分とソクラトに対して秘密を持っていることを忘れることができた。歓迎されながら、建物のなかに入った。

「あなたから感想を聞くのが楽しみです」と、テンクオ・ダラブはいった。「ここは驚くべき研究センターですから」

トロトは男の顔を探るように見つめる。その目には奇妙な光が宿っていた。

一行はさまざまな装置が並ぶ広い部屋に入った。そこにいた二十人以上のハルト人は仕事を中断して客人を待っていた。一行が到着すると、てのひらをこすりあわせて歓迎した。

テンクオ・ダラブは、長期間行方不明で死んだと見なされてきたイホ・トロトを〝種族の偉大な英雄〟として紹介した。そして、その場にいた全員が挨拶し、言葉を交わすことができるよう、英雄を連れて部屋のなかを歩きまわった。

「歓待されて光栄だ」トロトは礼をいった。「だが、きみたちはここでいったいなにをしているんだ？」

「いっしょに働いています」ひとりの科学者が答えた。「研究開発をおこなっています」

予想外の答えに、トロトは返す言葉が見つからなかった。

ハルト人が〝いっしょに働いている〟などということは一度も聞いたことがなかったからだ。

「驚いているようですね」テンクオ・ダラブは穏やかな口調でいった。四つのこぶしのうちのふたつを腰にあて、二列に並んだ円錐形の歯を見せて笑った。

「もちろんだ」トロトは正直に答えた。テンクオ・ダラブの態度に違和感を覚える。思考が混乱し、ここに連れてこられた理由がわからなくなる。

「あなたを驚かせるものはほかにもあります」テンクオ・ダラブが説明をつづける。「ハルパトには、大研究施設がいくつかあります。どの施設でも、数百名のハルト人が科学知識の獲得と新技術の開発を〝共同で〟おこなっています」

トロトは驚愕した！

テンクオ・ダラブを注意深く見つめる。だまされているのではないかと不安になる。からかわれているのか？

だが、明らかにそうではない！

目の前のハルト人たちは誇らしげにほほえんでいた。

トロトは惑星ハルトのことを思いだす。

ハルトでは、すべての研究が個人的におこなわれていた。研究が技術開発をうながす場合のみ、小チームが結成された。けれども数百名もの大チームで働くことは決してなかった。

テンクオ・ダラブはそんなトロトの考えを読みとったかのようにいった。

「ここはハルトとはちがい、全員がひとつのプロジェクトのためだけに働いています」

「ひとつのプロジェクトのためだけに？」トロトは聞きまちがえたのかと思い、再確認した。そんな話はこれまで聞いたことがなかったからだ。「それはどんなプロジェクトだ？　非常に重要なものにちがいない。目下、総動員で働いているということは、時間があまりないということだろう。それは、なぜだ？　ハルパトは安全ではないのか？　いったい、みな、なににおびえているのか？　なぜ、急いでいるのか？　ハルトの慣習を捨て、みずからを極限状態に追いこんでまで仕事をしている理由はなんだ？」

テンクオ・ダラブは四つの手を上げてトロトの話をさえぎると、ほほえんだ。

「一度に多くの質問をするのはやめてください！　答えられませんから」と頼んだ。

「それはどんなプロジェクトなのか？」トロトはしつこくたずねた。

「超高周波ハイパー放射線によって引きおこされる現象についての研究です」

「《ハルタ》のシントロニクスは、きみたちからメッセージを受信する直前に超高周波ハイパーインパルスを検知した。それはハルポラ星系の第二惑星ドンガンから発せられたものだった。きみがいっている現象はそれににている」

「具体的なことは、ここでは話せません」テンクオ・ダラブが曖昧《あいまい》な返事をする。「いずれにせよ、超高周波ハイパー放射線を扱う実験は危険をともないます。われわれは危険を回避するために、実験用の送信機をドンガンに設置しました」

トロトは驚いた。

ふたたびテンクオ・ダラブの態度に違和感を覚える。目の前の男を見つめる。秘密を持っていることは明らかだ。困惑しながら男から目をそらすと、そばにある装置に興味があるふりをした。だが、本当はテンクオ・ダラブとハルト人たちから信用されていないことにショックを受けていた。

そのせいで、そのあとのプログラムに対する興味をすっかり失くし、手短かに別れを告げると、研究施設を去った。ひとりで反重力プラットフォームに乗り、歴史博物館に向かった。

アチャン・アラーはトロトを見ると、行動腕を広げて歓迎した。

「あなたはもう歴史なんかに興味を持たなくなったと思っていましたよ」といった。

トロトは大笑いする。こうした率直な言葉をかけてもらえるのはうれしかった。

「まったく逆です。歴史について知りたくて、じっとしていられないのです」

トロトはまだテンクオ・ダラブから聞いた研究プロジェクトのことを考えていたが、具体的にそれがなにかは想像できなかった。歴史史料から手がかりを得られることを期待する。

「どうぞお入りください」アチャン・アラーは訪問者を建物に招きいれた。「準備はもう整っています」

トロトは喜んでなかに入った。ホールにいき、椅子に腰をおろすと、歴史家はすぐに過去のレポートを見せはじめた。

最初に見せられたのは、四九二年の惑星ハルトの非常に悲惨な映像だった。集団脱出の翌年にあたるその年、電光は惑星ハルトを襲撃し、全滅させた。住民が消えたことなど気にもとめていなかった。残された機械設備を調査したり、文化的施設や墓地を保存したりすることもなかった。生命の痕跡をすべて消しさり、数世紀は復興不可能なほどに破壊した。

トロトは我慢してそれらの映像を見おえると、宇宙の彼方に避難するハルト人たちのあとを追った。船団は当初の計画にしたがい、銀河系の僻地に向けて飛行していた。銀河系中央の星団に逃げこむ者もわずかながらいたが、全員が共通の目的を持って行動していた。それは、可能なかぎりだれからも発見されずに逃避することだった。

次の瞬間、トロトは宇宙船の司令室にいた。制御コンソールの前に高齢のハルト人がすわっている。それがだれかはすぐにわかった。

「タルスパット・ファー」と、思わずその名を口にした。トロトはその科学者と何度も情報交換し、かれの発見が科学技術の発展に大いに貢献したことを認めていた。数百年前に亡《な》くなったこともテンクオ・ダラブから聞いていた。

「重要なのは、ハルト人が生きのびることだ」高齢の科学者がそういうと、トロトは自分に対していわれたような気になる。しかし、すぐに話し相手は宇宙船のシントロニクスであることに気づいた。「われわれはみな、不安を抱えている。家を捨てたカタツムリのように無防備な状態で、新たな住処を探しまわっている。だからこそ、船隊を組んで避難することにした。現在、三百隊が銀河系を旅している。いつか、そのなかの一隻が種族の未来を築くのにふさわしい新世界を見つけてくれればいいのだが」

「絶対に見つかります」シントロニクスが答えた。「見つからない理由があるでしょうか？」

「銀河系は変わりはてた」高齢の科学者は語気を強めていった。「ハルト人を滅ぼそうとする勢力がいる。かれらはハルト人を惑星ハルトから追いだしただけでは満足していない」

さらに会話を聞きつづけたトロトは、ハルト人の全船隊が十年に一度、定められた場所に集結することになっていることを知る。タルスパット・ファーはその集結ポイントに向かっていた。実験をしていたため、ほかの船隊とはちがうルートを飛行していたが、遅くとも五日以内には船団に合流するつもりでいた。

司令室のクロノメーターには四九四年と表示されている。

この三年間、タルスパット・ファーは銀河系を飛行しつづけていた。危険と隣りあわせの逃避行をつづけたせいで老化が速まり、実年齢よりも老《ふ》けて見える。仲間と協力して宇宙戦争の経過を追い、カンタロと電光についての調査をおこなっていた。

老人は無線機が作動した音を聞くと、驚いて飛びあがった。

「《ゲアト》からです」シントロニクスが落ちついた口調でいった。「《ゲアト》がこの船を探知したのです」

タルスパット・ファーはふたたびシートに身を沈めた。

「年をとったものだ」といって、ため息をついた。「昔なら、こんなことで驚いたりしなかった。仲間たちから離れすぎたせいかもしれない」

「故郷が恋しいのですね」と、シントロニクスはいった。

「そんな大げさにいわないでくれ」老人はあたまを振って否定し、無線機からの呼びだしに応答した。目の前のスクリーンに、ハルト人のウェンカ・ゲアタの姿がうつしだされる。トロトが知るかぎり、ゲアタは気性の荒い、好戦的な戦士だ。

「航路を変更してください！」と、語気を強めていった。「いますぐに！」

「なにがあったんだ？」タルスパット・ファーはたずねた。

「集結ポイントに敵の罠がしかけてあります！」

老人は驚いて起きあがった。

「そんなはずはない！」と叫んだ。「座標は最高機密だ。外部の者は知りえない。それに、全員が集合するのはまだ七年先のことだ。わたしが早めに集結ポイントに向かっているのは、現場を視察するためだ。無線メッセージで、あることが進展したから早めにくるようにとの指示を受けとったからだ」

「座標が知られてしまったのは事実です」ウェンカ・ゲアタがつづける。「詳しいことはわかりませんが、確かに罠はしかけられています。ハルト人全員が集結ポイントに向かえば、種族は絶滅します。仲間のひとりが敵に捕らえられて秘密をばらしたのかもしれません」

「不愉快きわまりない」老人は吐きすてた。「もし、それが本当なら、敵は禁断の尋問法を使ったにちがいない」

「そう考えると、わたしもはらわたが煮えくりかえりそうになります。ですが、起こってしまったことは変えられません。いまは種族の存続の確保を最優先にすべきです。差し迫っている危険はひとつではありません。無線メッセージであなたが受けとった、あることが進展したという情報は嘘ではありません。だからこそ、この罠はよりいっそう危険です。つまり、われわれが得た情報には、真実と嘘が巧妙に混ぜあわされているのです」

「あることとはなんだ？」老人はたずねた。

「星間空間が徐々にハイパーエネルギー性スペクトルの超高周波および極超高周波の領域で満たされつつあることがわかりました。お気づきになっていませんでしたか？」

「自分の実験に没頭していたので、気づいていなかった」とタルスパット・ファー。

「分析の結果、背景音は等方的で、解読不可能な信号を含んでいることがわかりました」

「それで、きみたちが出した結論は？」

「多くの者は、その信号がドロイドであるカンタロを制御するためのものであり、銀河系全体に拡大しつつあるコントロール通信網の存在を証拠づけるものだと考えています」

「確かに、そうかもしれない」老人はうなずき、シートのうしろに立つと、背もたれに四つの手をかけて身を乗りだした。「だが、きみが伝えたいことはほかにもあるようだ」

「はい。実は、銀河系のハローからもどってきた複数の宇宙船が、目に見えない壁に衝突したと報告しています」

「壁？」タルスパット・ファーは驚いてたずねた。「いったいどんな？　もっと詳しく説明してくれ！　それで、宇宙船は破壊されたのか？」

「いまのところ、まだ一隻も破壊されていません。ですが、ハルト人の乗員と船内コンピュータが混乱し、その一部は制御不能におちいりました。そんな状態で、すべての宇宙船が無事にもどってこられたのは奇跡に近いでしょう。壁は徐々に拡大しているようです。よって、宇宙船が破壊されるのは時間の問題。まもなく、壁は突破不可能になるかもしれません」

「結論はひとつしかない」老人はいった。「だれかが銀河系を包囲しようとしているのだ」

「カンタロにちがいありません」

「おそらく、そうだろう」

「その壁は〝狂気の壁〟と呼ばれています。すぐに対処法を見つけなくてはなりません」

「なにか、いい方法はあるのか？」タルスパット・ファーがたずねた。

「方法はひとつしかありません」ウェンカ・ゲアタが説明する。「それは、できるかぎり早く銀河系を去ること。狂気の壁が突破不可能になれば、種族全員が囚《とら》われの身となり、絶滅するしかないでしょう」

「きみのいうとおりだ」タルスパット・ファーは制御コンソールの前にいくと、いくつかの命令を音声ではなく手入力した。しばらくすると、色とりどりのシンボルが目の前のスクリーンにあらわれた。

「なにをしているのですか?」ウェンカ・ゲアタがたずねた。

「高齢者が非常時に種族にあたえるべき提案事項を呼びだしている」と、ファーは答えた。「次の言葉を通信可能なすべてのハルト人に伝えてくれ。既存の飛行計画は無効になった。全宇宙船はできるかぎり早く銀河系を去り、〝ポイント・バラノシュ〟へ向かうこと」

「了解しました」ウェンカ・ゲアタは畏敬の念をこめていった。「全員が銀河系から脱出できることを祈ります」

「大丈夫だ」老人は確信を持っていった。「ハルト人は生きのびる」

トロトは《ファー》を去った。宇宙船の壁をとおりぬけて宇宙空間に出ると、船は猛スピードで飛行し、銀河系の外縁部に接近する。そこにはあらゆる場所からきた無数のハルト人の船が集まっていた。

トロトが見ていたのは、四九四年十二月の銀河系脱出時の映像だった。脱出は困難をきわめた。狂気の壁にあいていた穴の数が急速に減少したため、多数の船が脱落した。

トロトは映像から離れ、悲劇から目をそらす。多くの船が破壊され、消えていくのを見るのは耐えがたい。船内の状況も知りたくなかった。

いっぽう、〝ポイント・バラノシュ〟は銀河系の中心から十一万三千光年離れた暫定的なポイントであることが判明した。厳密にいうと、それはアンドロメダ銀河、いわゆるNGC224の中心にいたる直線コースから数度ずれた位置にある。

しばらくして、宇宙の深淵からアチャン・アラーの姿があらわれ、四九五年にクロノパルス壁は完成し、銀河系は完全に封鎖され、突破不可能になったと説明する。つまり、ハルト人は間一髪で銀河系を脱出したのだ。

4

パンタロンは抵抗しなかった。その手を無理やり振りほどくことはできないとわかっていたからだ。

「重要なことがなにかですって?」と、訊きかえした。

「そうだ。それを知りたい」と、巨大なハルト人は答えた。

「壮大なテーマなので、ひとことでは説明できんな」ポスビはイホ・トロトの声と口調をまねていった。自分の優位性を示すために、満面の笑みを浮かべる。「腰を据えて、じっくりと話しあおうではないか。そうすれば、われわれは非常に興味深い発見をすることになるだろう」

ハルト人は軽蔑をこめてポスビを突きとばした。

「おかしなロボットめ」と叫んだ。「時間があれば、おまえをスクラップにしてやるところだ」

そして踵《きびす》を返すと、足早にその場を立ちさった。

パンタロンは三本の腕を激しく振ってハルト人のあとを追った。相手が立ちどまって耳を傾けてくれそうな言葉を探す。けれども、口を開く前に、黒い巨人は建物のなかに消えてしまう。そのうしろでドアが大きな音をたてて閉まった。

「あたまにきた」パンタロンは激怒して叫んだ。「おまえのオービターにはなりませんよ。絶対に！」

パンタロンは暴言を吐いたおかげで少しだけ気持ちを落ちつけることができた。振りむいて、自分をしつこく追いかけてきたロボットを探す。

「あきらめたな」と、つぶやいた。「まあ、いいでしょう！」

ポスビは上昇し、建造物を越えて南方へ飛行する。南になにかがあるわけではない。ただ衝動にしたがっただけだった。

山脈を越えると、地平線まで広がるサバンナのような景色があらわれた。恒星に焼かれた草原では、縞《しま》模様や斑点模様の大型動物の群れが草を食んでいる。その大半は長い脚を持った動物で、赤褐色の草原の草よりもはるかに背が高い。草原を横断するように流れる小川は、遠く離れた恒星の光に照らされて赤黄色に輝いていた。

パンタロンは大自然には興味がない。遠くに見える複合施設が気になっていた。建物の数は百棟以上。その屋根が乾燥林のあいだから突きでていた。

ポスビは興味津々で研究施設を観察する。ハルト人が自分たちの生活と惑星の開拓のためになにを製造し、どのような研究プロジェクトにとりくんでいるのかを知りたいと思う。

「興味深い情報を提供すれば、イホ・トロトとドモ・ソクラトは、わたしに敬意をはらってくれるようになるかもしれない」と、テンクオ・ダラブの声をまねていった。けれども、その声は気にくわなかったので、イホ・トロトの声にすぐにもどした。

　そのとき、林の陰から胴長の動物があらわれ、ポスビに飛びかかってきた。赤みがかった毛におおわれているため、周囲の風景に溶けこみ、姿はよく見えない。けれども、鋭い牙《きば》と巨大な爪だけはよく見えた。ポスビは即座に反重力プラットフォームを安全な高さにまで上昇させる。振りおとされた動物はうしろ脚で立ちあがると、悔しそうに吠えた。草を食んでいる動物のうちの数頭があたまを上げてパンタロンを見る。危険でないことがわかると、ふたたび草を食みはじめた。

　パンタロンは一瞬、無力な捕食動物に近づき、いたずらをして優越感にひたろうと考えたが、やめておいた。目の前の施設から目をそらしたくなかったからだ。

　パンタロンはだれにも見つからないよう、徐々に高度をさげながら研究施設に接近し、藪のなかに進入した。そして地上一メートルの高さを浮遊しながら、慎重に木々のあいだをすり抜けて進んだ。ときどき、密林に入りこんで前に進めなくなる。持っている道具を駆使すれば木を倒して道をつくることも可能だが、それはしなかった。引きかえして別の隙間を見つけて前進した。いま目立つ行動は避けたかったからだ。

パンタロンは、施設内に完備された高性能のセキュリティシステムが自分に気づいて反応する場面を想像し、ひそかにその対決を心待ちにしていた。

目標に近づけば近づくほど、パンタロンは慎重になる。最後には、一枚の葉も動かさずに藪のなかを一センチメートルずつ前進した。

ハルト人が超高周波のハイパーエネルギーによって引きおこされる現象の研究にとりくんでいることは、トロトが話していたので知っていた。ここでなら、それについての詳しい情報を得られるにちがいない。最新の情報をトロトに持ってかえろうと思う。

突然、目の前から藪が消え、高さ二十メートル、奥行き百メートル、幅八十メートルの建物があらわれた。そのほかの建物は藪に隠れて見えない。壁の一部が透明な素材でできているため、外からでもなかが見わたせる。見知らぬ金属製の機械が置かれたホールにはだれもいない。

パンタロンは研究施設があまりにも無防備であることに失望する。これまでの努力はむだだったのか？　高性能のセキュリティシステムは存在しないのか？

どうやら、そうらしい。

みずからはじめた冒険が、障害や危険をともなうものであれば、より魅力的だっただろう。それでも、パンタロンは冒険をやめるつもりはなかった。ハルト人が堂々と情報を提供してくれるのなら、この機会を利用してやろうと思う。

パンタロンはかくれ場から出ると、一メートルほどからだを浮かせて、ふたつの建物のあいだを移動した。右側のホールは倉庫のように見える。分子破壊装置でドアを壊してなかに入った。ホールの三分の一はただの空間で、だれもいない。

パンタロンは別の建物に移動しようとする。けれども、その瞬間、すぐそばでなんらかのエネルギー活動を検知した。

驚いて、身をこわばらせた。

ゆっくりと回転しながら、何者かが隠れていそうな場所を探す。ほんの少し前までは注意力が散漫になっていたが、いまは集中力が極度に高まっている。身の危険を感じる。見えない敵を特定するために体内の全コンポーネントを作動させた。しかし、感知したエネルギー活動の正体を突きとめることはできない。発生地点を特定することもできない。

慎重に浮遊する。つねに周囲を見まわし、安全を確認しながら進む。

並べられている装置のほとんどは異質な構造を持ち、種類さえわからない。

そのとき、謎の信号を受信した。信号が送られてきた方向に向きを変え、仕切り壁の開口部をとおって別の貯蔵室に入った。

信号は消えた。

高さ数メートルの装置が並んでいる。そのひとつは数秒前まで作動していたにちがいない。いまは停止し、小さな音をたてている。

パンタロンは身をこわばらせた。

近くに生命体がいるのを感じる。体内のシントロニクス装置がかすかな影を捉えた。ポスビに搭載された全機能を駆使して情報を集め、影の正体を突きとめようとするが、できない。なにも認識できなかった。

身の危険を感じて撤退を決めるが、遅すぎた。超高エネルギーのハイパーインパルスに撃たれて、シントロニクスが停止する。すぐに〝意識不明〟におちいった。

反重力プラットフォームは浮遊しつづけ、ポスビはそれに乗ったままだったが、意識はなかった。思考し、感覚を持つロボットとしての生は終えたかのように見えた。

だが数秒後、ポスビの体内の保安回路が自己修復機構を起動させた。パンタロン自身はそのことに気づいていない。意識をとりもどしたときには、すでに一時間以上経過していた。それほど修復はむずかしかったのだ。

その数分後、パンタロンは意識を失う前に起こった出来ごとを思いだした。

周囲を確認しながら、シントロニクスの探知ユニットを再起動させる。

ホールにはだれもいない。

影はもう見えない。

けれども驚いたことに、それまでホールにあった装置のすべてがなくなっていた。

＊

当初、ハルトの船団は五〇一年に集結する予定だったが、実際に〝ポイント・バラノシュ〟に集まったのは四九五年一月だった。

イホ・トロトは、歴史博物館のヒスト・ホログラフィー・ホールで、銀河間空間に到達した大船団を見ながら誇りと悲しみが交互に湧きあがってくるのを感じていた。集結ポイントに到達した船は十万隻弱。故障した船がなければ十万隻に達していただろう。それはハルト史上最大の船団集結だった。しかし、そのきっかけになったのは悲惨な出来ごとだ。だからトロトはそれを見て、誇りだけを感じることができなかったのだ。シートにすわったまま、船団が別の銀河をめざしてスタートし、銀河系を離れるようすを見守る。銀河間空間内では、船団はまとまって飛行した。

歴史博物館の館長アチャン・アラーはトロトに複数の船のなかのようすを見せた。ハルト人たちが無線で交わした会話、多くの者が感じていた孤独、問題を忘れるために没頭した科学研究に意識を向けさせた。トロトは博物館の特殊技術のおかげで、その場にいるかのような感覚におちいる。宇宙飛行士たちの生活を壁の穴からのぞき見しているような気になり、生々しい場面を見ては羞恥心《しゅうち》にかられてあとずさりした。

銀河間空間の飛行が長びけば長びくほど、問題は増えていった。船が何度も故障し、心理的ストレスに耐えられない者も出てきた。それでも困難は克服されていった。船団内に助けあいの精神が生まれたからだ。

たびたび起こる宇宙船の故障がそのきっかけとなった。宇宙飛行士たちは、困難な状況下でも他者に対して責任を持たなくてはならないと考えるようになった。もちろん、各人は以前同様、個人主義をつらぬきつづけたが、自分だけではなく、他者も大事にするようになった。そうして種族の団結力は高められていった。

別の銀河に進入すると、船団はふたたび二、三百隻からなる船隊にわかれ、第二の故郷となる無人の惑星を探す旅をはじめた。

その旅は長くつづいた。

タルスパット・ファーが救難信号を受信し、みずからの船隊を離れて信号の出所の追跡をはじめると、トロトはその場にいるような気になる。高齢の科学者はすぐに宇宙船の残骸を複数発見し、そのなかの一隻で重傷を負ったグラドを見つけた。ライオンの顔を持つ獅子人間は危険な状態におちいっていた。タルスパット・ファーによりシントロニクス制御の生命維持室に入れられると、グラドは力をふりしぼってベッドから身を起こした。

ふたりは黙って見つめあう。すぐにグラドはベッドに身を沈めた。

「もう手遅れだ」獅子人間はあえぎながらいった。「わたしはもう助からない」

「希望を捨ててはいけない」老人が説得する。「希望こそが、生きる力になる」

「そのとおりだ」患者はうなずいた。「もしかすると、ふたたび元気になれるかもしれない」

「なにがあったんだ?」

タルスパット・ファーは、複数の装置に表示されているデータを確認する。グラドの容態が非常に悪いことは明らかだ。まだ生きていること自体が奇跡に思えた。シントロニクスの援助がなければ、とっくに死んでいたにちがいない。

「戦争だ」グラドは悲しい声で答えた。「電光がいたるところにいるようだ。かれらはわれわれのかくれ場を破壊し、逃げる船団を追いかけて、全滅させた。わたしが唯一の生き残りだ」

老人はグラドの隣りにひざまずいて、その手を握った。辛抱強く話に耳を傾けたが、重要な情報はそれ以上得られなかった。

イホ・トロトはその場面から離れた。

容赦なき戦争はさらにつづく。電光は局部銀河群のほかの銀河にも出没したが、四九五年以降は姿を見せなくなった。電光に関する情報は途絶え、攻撃もなかった。カンタロも銀河系以外の宙域ではほとんど目撃されなかった。

しかし、ハルト人は遠征をつづけていくなかで、戦争がまだ終結していないことを知る。いたるところで勢力争いが繰りひろげられていた。テフローダー、マークス、出自の異なるカルタン人、ヴェンノク、ハウリ人といった種族が必死に戦い、銀河系の外では〝百年戦争〟がはじまったといわれていた。

五四九年までには、ハルト人は百以上の惑星にわかれて暮らしていたが、そのどれもが無人の惑星ではなかった。よって、だれもが未開の大陸に隠れて暮らし、原地の住民との接触は避けていた。とはいえ、あらかじめいまだ発展途上の段階にある生命体が暮らす惑星を選んでいたため、住民たちとの衝突はありえなかった。ハルト人たちはそのあいだもみずからの種族に適した無人の惑星を探しつづけた。そうこうしているうちに、突然、戦争が終わったことを知る。その理由は不明だったが、とにかく、無意味な争いは終わったのだ。

しばらくして、タルスパット・ファーが局部銀河群の矮小《わいしょう》銀河ＩＣ１６１３への遠征からもどってきた。ハルト人に適した惑星を発見したという。けれども、ハルト人全員にその情報を伝え、惑星への移住を説得するのに数年かかった。五六六年になってようやく、タルスパット・ファーが〝ハルトコオル〟と名づけた惑星への移住が完了した。ハルトコオルはハルト語で〝ハルトへの憧れ〟を意味した。

最後に到着した者たちが宇宙船を恒星の周回軌道に乗せたとき、タルスパット・ファーの命はつきつつあった。それでも、かれは新たな移住者を歓迎する祝典に参加した。そして短い演説のなかで、〝ハルトコオル〟が単なる仮の住まいではなく、種族が何千年も平和に暮らせる世界になることを願うと述べた。

それを聞いたトロトは違和感を覚えた。タルスパット・ファーは〝ハルトコオル〟についてかれ自身がどう考えているかを話さなかったからだ。それは、新たな故郷に対して不信感を抱いているあらわれでもあった。

5

パンタロンは逃げだした！

即座に謎の施設を飛びだし、全速力でイホ・トロトの家へと向かった。

「帰っていてよかった！」と、イホ・トロトとドモ・ソクラトを見つけると叫んだ。「とんでもないことが起こったんです」

ふたりはリビングルームにいた。星図を目の前に広げてすわっている。種族の歴史とその遍歴について話していることは明らかだ。

「静かにしてくれ」ソクラトは頼んだ。

「きみのつくり話につきあう気はない」トロトがつけくわえた。

「でも、これはつくり話ではないんですよ！」パンタロンは叫んだ。ふたりの言葉を無視して、驚くべき体験談を語る。

トロトは笑った。

「わかったよ、パンタロン」といった。「どうやら、きみにはこれまで以上に注意をは

だ。

「わたしが嘘をついていると思っているんですか？」ポスビは不満げに訊いた。「それとも、正気を失ったとでも？」

「そこまではいっていない」とトロト。とはいえポスビと真剣に話をする気はないようだ。

「わたしのことをおかしなやつだと思っているんですね！」パンタロンは侮辱されたと感じて部屋を飛びだし、テラスに逃げこんだ。木陰に立ったまま動かない。

ふたりはパンタロンを一瞥《いちべつ》すると、すぐに話にもどった。

「ハルト人がハルトコオルに居住した期間は？」ソクラトがたずねた。

「二百年」と、トロトは答えた。

「いったいなにが起こったんだ？　なぜハルトコオルを去る必要があったんだ？」

「理由はまだわからない。ただ、ひとつだけいっておきたいのは、そのころに銀河系へのパトロール飛行がおこなわれたということ」

「で？　その結果わかったことは？」

「故郷銀河が依然として封鎖されていること。だが同時期に、ハルト人は最新情報を得るために局部銀河群でもパトロール飛行をおこなった。もちろんそのさい、多種族との接触はできるかぎり避けた」

「争いに巻きこまれないために？」

「そうだ。ハルト人は種族の存続を最優先にしてきた。惑星ハルトを失ったことが最大の打撃だったことを考えれば、それは容易に想像がつく。故郷喪失はいまも昔も根深い問題だ。多くの者がそのショックを乗りこえられなかった。いまもまだ乗りこえられていない」

「確かにそうだ」ソクラトが同意する。「この数日間、多くの科学者や技術者と話したが、だれもがハルトへの郷愁にかられていることに気づいた」

トロトは立ちあがって果物を数個手にとるとソクラトに差しだした。

「現在、多くの科学者が銀河系脱出直前におこなわれた測定で確認されたある現象について研究している」

「それは超高周波および極超高周波信号のことかな」ソクラトが推察する。

「そうだ」とトロト。「その信号はカンタロを制御するためのコントロール通信網から出た放射線だと考えられている。科学者たちは超高周波ハイパー放射線をもちいた実験をおこない、適切なインパルス・シーケンスを選択すれば、このネットワークは無効化可能だという結論を出した」

ソクラトはうなずき、納得する。

「すばらしい考えだ」と称讃する。

そのとき、パンタロンが部屋に入ってきた。

「これです！」と叫んだ。

「どうした？」ソクラトがたずねた。

「テレメディアを起動してもいいですね？」ポスビはふたりの許可を得ることなくスイッチを入れた。ホログラフィック・スクリーンが明転する。ソクラトがやめさせようとしたそのとき、研究施設の一部の建物が残骸と化し、煙をあげている映像があらわれた。ロボットが現在、爆発と破壊の原因を調査中だとシントロニクスが説明をくわえた。

「こうでもしないと、あなたたちは会話をやめてくれないと思ったから」とパンタロン。

「わたしはこの施設で体験した出来ごとについてもっと早く報告したかったんです。でも、こんな事件が起こるまでは話に耳を傾けてもらえなかった」

「なにがあったんだ？」トロトはたずねた。「なにかが爆発して施設が破壊されたようだが」

とはいいながら事件にはあまり興味がなかったため、スクリーンのスイッチを消した。

「破壊されたのは百棟もの建物からなる巨大施設の一部です。しかも、これは単なる爆発じゃありません」ポスビが強調する。「わたしがあなたたちに報告しようとした出来ごとも、このメロップ大陸の施設の一部で起こったことなんですよ。わたしはここで怪奇現象を目撃し、攻撃され、一時的にですが意識不明となり、急いでもどってきたんです。おそらく、わたしが知的かつ意識的に行動したので、見えざる者たちを目ざめさせてしまったにちがいありません」

「それは、それはお疲れさま」事件を重視していないソクラトはからかい半分にいった。

「心して次の映像を見てほしい。ことの重大さが理解できるはずです」ポスビはふたたびスクリーンのスイッチを入れた。「こんなこともあろうかと、ニュースを録画しておきました」

シントロニクスが話しはじめると、ふたりはすわっていた椅子から身を乗りだした。

「爆発により、天才科学者ゲオト・カダールが死亡しました。四人の助手が重傷を負いましたが、命に別状はありません。科学者チームは、高エネルギー・ハイパーインパルスが検知された研究施設を調査中に爆発に巻きこまれました」

「そのインパルスがわたしを攻撃したんです！」ポスビは誇らしげにいった。「まちがいありません。おそらく、見えざる者たちはわたしを攻撃したあと、自分たちがまちがいを犯したことに気づいて逃げたんです」

「確かに」ソクラトが同意する。「だれかがやってくると考えて姿をくらましたのだろう」

「やっと信じてもらえた」パンタロンは勝ちほこったようにいった。「わたしの話はすべて真実です。すぐに手を打たないと。この惑星にハルト人以外の何者かが住んでいることはまちがいないのだから！」

＊

テンクオ・ダラブは海沿いの軍事防衛センターでイホ・トロトに会ったとき、極度に緊張していた。そこには十二名の科学者が呼びだされていた。ソクラトは集会がおこなわれているあいだに《ハルタ》の技術を使って研究施設を襲撃した犯人を探しだそうとしていた。

イホ・トロトは、テンクオ・ダラブの妙に冷たい態度に違和感を覚えた。

「事件については聞いた」トロトはそういうと、テンクオ・ダラブの肩に手を置き、逃げられないようにした。「報告しなければならないことがある。実は、わたしのオービターであるパンタロンが数時間前にあの研究施設にいたのだ」

テンクオ・ダラブは疑わしげな視線を向けた。

「きみの気持ちは理解できる」とトロト。「だが、パンタロンは犯人ではない」

「それについては、これから明らかにするつもりです」

トロトはテンクオ・ダラブの返事を聞いて驚き、あとずさりした。

「信じてくれ」と懇願する。「ポスビは完全ではない。ある種の欠陥があり、思考回路は正常とはいえないが、破壊活動だけはしない。それはわたしが保証する」

「それについては、直接ポスビから話を聞きたいと思います」

「パンタロンはハルト人全員にとって重要なことを発見した」トロトは立ちさろうとするテンクオ・ダラブに向かって急いでいった。

「本当に？」このときほど、テンクオ・ダラブのトロトに対する忠誠心が大きく揺らいだことはなかった。

トロトはパンタロンから聞いたことを伝えた。

「見えざる者たち？」テンクオ・ダラブは頭をふる。「もう少し具体的な説明がほしい」

「直接パンタロンと話をしてくれ。ここに連れてきている。施設内で目撃したことや、そこにいた理由を詳しく説明してくれるだろう」

テンクオ・ダラブはしばらく考えたあと、その提案を受けいれた。トロトとともにポスビがいる隣室に入る。パンタロンは、〝歓喜の叫び〟のような声をあげた。ようやく自分に注目が集まり、うれしかったのだ。

「すべてを話してくれ」テンクオ・ダラブはいった。「きみの報告を聞きたい」

パンタロンが報告をはじめると、トロトは脇に寄った。すでに知っている内容なので、半分聞きながす。窓から隣りの部屋をのぞくと、議論したり、複数の機械を操作したりしている二十人以上のハルト人の姿が見えた。

緊急時には、みな個人主義を脇に置いて団結するんだな、とトロトは思う。危機対策本部を設置して事件の真相を追究するつもりなのだろう。

「わかった。もう充分だ」と、テンクオ・ダラブはポスビに向かっていった。

「でも、まだわたしの分析結果について話していませんよ」話しつづけたいパンタロンが叫んだ。「わたしと科学議論をおこなえば、きっと新たな認識が……」

パンタロンはそこであきらめ、黙った。テンクオ・ダラブが背を向けて、トロトのもとへいってしまったからだ。

「ポスビは爆発に関与していないようです」と告げた。

イホ・トロトはテンクオ・ダラブをにらんだ。

「でも、きみはまだわたしを信用していない」と、怒りをあらわにしていった。「いったいなにが問題なのか？　なぜ、きみはそんなにもわたしを疑うのか？」

テンクオ・ダラブは話題をそらそうとするが、うまくいかない。ぎこちない動作で、トロトの探るようなまなざしから目をそらした。

「それはあなたの思いちがいです」といった。「故郷にもどってきて神経質になられているのでしょう。多大な精神的負担が……」

「話をそらすな！」トロトはどなった。「もうたくさんだ」

「わかってください。こうした現象に遭遇するのは、これがはじめてではありません」テンクオ・ダラブが説明する。「この三ヵ月のあいだに、亡霊現象といっていいような謎の事件が何度も起こりました」

「それで？」イホ・トロトの怒りはおさまらない。「それがわたしやドモ・ソクラトといったいなんの関係があるのか？」

「おそらくなにもないでしょう。しかし、われわれのなかには、あなたがたが亡霊現象に関与していると考える者がいるのです」

「妄想だ！　なぜ、そう思うのか？　関与している、とはどういうことだ？」

「七百年間、死んだものと見なされてきたあなたがたがもどってきたのです。それと同時期に、謎の事件は発生しました。よって、あなたがたが事件に関与していると考える者がいても不思議ではありません」

「バカげている」

「いいえ。われわれは、あなたがこの七百年間に経験したこと、発見したことを知りません」

「なるほど、それでいまやハルト人たちは、ドモ・ソクラトとわたしが謎の科学技術をもちかえり、それを使って亡霊現象を引きおこしたと考えているわけか。ハルポラ星系に到着する三ヵ月も前からそれをしていた、と」

トロトはこぶしでテーブルを叩いた。その音は響きわたり、パンタロンは悲鳴のような叫び声をあげた。窓ガラスが不気味な音をたてて揺れる。

「あなたがたは事件とは関係がないのですか？」テンクオ・ダラブがたずねた。

「もう充分だ！」トロトは目の前の男をどなりつけた。あとずさりする科学者に詰めより、そのからだを壁に押しつけた。トロトの三つの目は燃えさかる木炭のように輝いている。「もう二度とドモ・ソクラトとわたしを裏切り者呼ばわりするな」

「そんなことは一度もいっていません」テンクオ・ダラブはふるえる声でいった。「われわれのなかのだれもそんなことはいいません」

トロトは相手を威圧するような笑みを浮かべた。

「わたしをバカにしているのか？」と、どなりつけた。「われわれふたりを疑うことは、裏切り者呼ばわりしていることと同じじゃないか？」

「確かに」テンクオ・ダラブは蚊の鳴くような声で答えた。「どうかお許しください」

「なら、信頼している証拠を見せてくれ。その証拠がないかぎり、きみを信用できない」

「わたしはあなたを信頼しています」テンクオ・ダラブは断言する。「だから、ほかの者たちに説明し、あなたがたを疑うのは見当ちがいであることを理解させます。ですが、どうかひとつだけ教えてください。《ハルタ》からの無線通信についてです。あなたがたがスパイかもしれないと警告されたのです」

「まだ、わからないのか?」トロトは男を叱りつけた。「それはこのおかしなパンタロンの仕業だ。注目を集めたくてやったんだ。パンタロンの性格くらい、そろそろわかってもいいころだろう」

「パンタロンが? コンヴァーターのなかで消された何者かではなく?」

「わたしが嘘をついているとでも思っているのか?」トロトは吐きすてるようにいった。

「わたしをいったいなんだと思っているんだ?」

「すみません」テンクオ・ダラブがあやまる。「われわれがどうかしていました。亡霊現象を恐れるあまり、愚かな考えに囚われてしまったのです。申しわけありません」

「その反省が本心であることを願う」

トロトは踵を返して部屋を出ていこうとする。

けれども、ドアが開かない。トロトが怒りをこめて蹴りを食らわすと、ドアは大きな音をたててはずれた。

*

アチャン・アラーはイホ・トロトがふたたび歴史博物館にあらわれると、驚くと同時に喜んだ。

「数日間、休暇をとる予定ではなかったのですか?」とたずねた。

「いろいろとあって」トロトは動揺を隠しきれないようすで答えた。「いまは気を紛らわせてリラックスしたいのです」

「かなりお怒りのようだが、その原因を訊いてもいいですか?」

イホ・トロトはこれまでに起こったことをすべて説明した。博物館の館長は驚きのあまり沈黙する。そして、トロトをヒスト・ホログラフィー・ホールにとおした。

「はじめてください」トロトが頼んだ。「必要なら、あとでまた説明します」

アチャン・アラーがホールを出ると、トロトは過去の世界に没入した。

ハルト人は惑星ハルトコオルに二百年あまり滞在した。そのあいだに銀河系へのパトロール飛行を繰りかえし、故郷銀河への道が封鎖されつづけていることを知った。いっぽう、多くの者は遠征に出て、科学研究やハルトコオル周辺の政情に関する情報収集をおこなった。そして、ハルトコオルが近い将来、外部から攻撃される可能性はないとの結論を出した。

遠征の目的には、局部銀河群の動向についての情報収集も含まれていた。ほとんどの遠征隊が目的を達成したため、最新情報が不足することはなかった。

トロトは静かにその先の映像を見る。遠征から帰還したタマク・タマールが、ポスビが六四五年、重要拠点だった二百の太陽の星を去り、その後、星はグラドに支配されたと報告する。六五九年には、別のハルト人が遠征中に、グラドとマークスが中央プラズマに要求されてマット・ウィリーを含むプラズマ脳をアンドロメダ銀河の惑星に移送したとレポートした。しかし、それが具体的にどの惑星を指すのかは不明だった。

場面が切りかわり、状況はより具体的になる。トロトはハルトコオルの研究センターのなかにいた。透明人間のようにラボからラボへと渡りあるき、科学者たちに近づく。映像が鮮明すぎて、学者たちのすぐそばにいるような気になる。体温まで感じられそうだ。一瞬、気づかれるのではないかと思い、息をとめた。しかし、どれほど現実味をおびていようとも、それは映像なのだと自分にいい聞かせた。

トロトは科学者たちを知っていた。だが、会ったことはあっても、名前までは知らない。高性能なポジトロニクスに匹敵する自身の計画脳に、それらの顔が記憶されていただけだ。

科学者たちは、四九四年の銀河系脱出直前におこなわれた測定結果を熱心に分析していた。特に、カンタロを制御していると思われるコントロール通信網からはなたれた超高周波および極超高周波信号に関心をよせていた。

科学者たちの会話から、そうした信号がコントロール通信網に対する武器になりうるとの研究結果が出たことがわかる。

とはいえ、それはトロトにとって新しい情報ではなかった。だから、アチャン・アラーがわざわざそれを映像として見せたことを不思議に思った。

しかし、すぐに科学者たちの研究がこの映像の主旨ではないことが明らかになる。ラボの片側の壁が突然爆発し、ふたりのハルト人が走行アームを使って四つん這いになって入ってきた。科学者たちを避けて、ラボのなかを高速で駆けぬけると、さまざまな装置を破壊し、反対側の壁を突きやぶって消えた。

トロトは、ふたりが壁を突破できたのは、壁の分子構造を変化させたからだと思う。

〝衝動洗濯！〟という言葉があたまに浮かんだ。ふたりの破壊者につづいて、さらに三人があらわれたとき、トロトは自分の考えに確信を持った。科学者たちがラボから逃げだす姿を観察し、建物が瓦礫《がれき》と化すのを見とどけた。

これこそが映像の主旨だと、トロトは思う。アチャン・アラーがわざわざこの事件を見せたのは、この先に新たな展開があることをほのめかすためだと理解する。

そこで場面が変わり、アチャン・アラーの顔がホログラムとしてあらわれた。

「愛する故郷を失ったあと、ハルト人の多くは軽い無気力状態におちいりました」と、歴史家は説明する。「かれらが受けた心理的ストレスは予想をはるかに超え、パトロール飛行を担当する操縦士を見つけるのさえ困難になっていきました。銀河系への帰還が依然として不可能だという状況下で遠征に出ることをいやがる者が増えていったからです」

アチャン・アラーの姿が消えると、トロトは無重力状態で、ハルトコオルの緑豊かな丘の上を飛行しているような気になる。

「ハルトコオルの外で起こる出来事への関心が薄れるいっぽうで」と、歴史家は姿を消したまま話しつづけた。「衝動洗濯によって鬱憤を晴らす者の数が増えていきました。最初は多くの者がハルトコオルで暴れましたが、その後はあてもなく旅をし、旅先で蓄積された不満を解消する者が増えていきました。たとえば、七五〇年には数ヵ月のあいだに四万人以上のハルト人が衝動洗濯の旅に出ました。その大半が、局部銀河群のほかの星々と非常に穏やかな関係を築いているマフェイ銀河1に向かいました。かれらがそこでなにをしたのか、各惑星でどんな印象を残したのかは、ご想像にお任せします。けれども、ひとつだけ知っておいていただきたいのは、一部の者は完全に正気を失ったということです。かれらは心理的ストレスを衝動洗濯によっても解消することができませんでした」

「いったい、なにが起こったのですか？」トロトがたずねた。

「死者が出ました。そのうちの数人は分子構造を変えずに全力で岩壁に突進し、みずから命を絶ちました。そのほかの者は自暴自棄になって他種族を攻撃し、弾圧し、裏切り、危険な実験の被験者にし、いくつかのカタストロフィを引きおこしました。もちろん、罪を犯した者たちは罰せられました。旅からもどってきた者の多くは完全に人格を変え、そのせいで事件が起きたことも数回ありました。かれらは数十年にわたって、ハルト社会に莫大な被害をもたらし、仲間同士の信頼関係をくずしていったのです」

トロトは赤や緑や青色に輝く惑星と恒星のあいだをゆっくりと飛行している自分に気づく。

「故郷を失った心理的ストレスを克服できた者たちは、みずからの種族が深刻な危機におちいっていることを悟りました。このままではいけない。ハルト人に必要なのは明確な目標を掲げた意味のある活動だと、考えるようになったのです」

歴史家はトロトをハルトコオルに連れもどすと、著名な科学者テンクワット・サルケットの書斎に案内した。トロトは七百年以上前に一度会ったことのある男と立体映像のなかで再会し、興奮する。テンクワット・サルケットは椅子にすわって三人の科学者と議論していた。

「われわれの研究は着実に進んでいる。そろそろ超高周波妨害送信機の設計を真剣に考えてもいいころだ」と提案した。聡明な科学者はあたまが大きく、小さな暗赤色の目をしている。その手はかわいらしいといっていいほど小さい。擦り切れているグレイの服を見れば、身だしなみに気を遣っていないことは明らかだ。話し方は控えめで、恥ずかしがりやのようにも見えた。「妨害送信機さえ完成させれば、カンタロのコントロール通信網を混乱させられるはずだ」

「そのとおり」同僚のひとりが賛同した。「それなら、既存の超高周波放射線の発生源を利用するのがいいだろう。つまり、中央プラズマを利用するんだ!」

「すばらしいアイデアだ」テンクワット・サルケットはほめた。「だが、中央プラズマはどこにあるんだ?」

6

パンタロンはこれまでに起きたことを受けいれられずにいた。イホ・トロトが歴史博物館へ向かい、ドモ・ソクラトが科学者や防衛の専門家たちと話をしているあいだに帰途についた。帰る場所はもちろんトロトの家しかない。

そして、なぜ自分はハルト人から対等な話し相手と見なされず、つねに厄介者として扱われるのかを考えつづけた。

反重力プラットフォームで飛行し、家の前に着陸して玄関に近づく。けれども、ドアが自動で開かないことに気づいて立ちどまった。

「なんだ!」と、憤慨して叫んだ。「わたしは大事な客だぞ!」

ホーム・シントロニクスはポスビの言葉を無視する。

パンタロンの怒りは頂点に達した。

「いいかげんにしろ!」と、だれかの口調をまねて大声で叫んだ。「開けるんだ!」

けれどもドアは開かない。

パンタロンは三本の腕を振りまわしながら命令を繰りかえした。それでもドアは閉じられたまま。急いで裏口にまわったが、そこのドアも開かなかった。

「もういい！」と、自分の怒りを見せつけるために無理やり息を切らしながらいった。それでもホーム・シントロニクスの意志は変わらなかった。

パンタロンは即座に反重力プラットフォームにもどると、出発した。テンクオ・ダラブのもとへ飛び、文句をいおうと思ったのだ。

そのとき、すぐ近くでエネルギー活動を検知した。それは破壊された研究施設で検知したものににていた。

反重力プラットフォームの速度を上げるのをためらっていると、謎の信号を受信する。次の瞬間、パンタロンはすべてを理解し、方向転換した。

「わかったぞ！」と、安堵して叫んだ。「ドアが開かなかったのは、近くに、見えざる者たちがいて、わたしとともに家のなかに侵入するおそれがあったからだ！」

ふたたび家に近づくと、トロトが帰ってくるのが見えた。半重力シートに乗り、事件には気づいていない。

パンタロンはさらなるインパルスを受信すると、即座に反応した。家ではなく自分自身が攻撃の的にされていることに気づいたからだ。激しく腕を振りまわしながら反重力プラットフォームの速度を上げ、垂直に急上昇した。

「罠だ！」と叫んだ。「くるな！　これは罠なんだ！」

トロトがパンタロンに気づいて速度を落とす。

「見えざる者たちが……」パンタロンは声をしぼりだした。

しかし、それ以上声を発することはできなかった。超強力なハイパーインパルスに撃たれたからだ。家のドアのひとつが爆破されるのを見とどけながら意識を失った。

意識不明のポスビを乗せて、反重力プラットフォームは加速しながら上昇をつづける。トロトには、爆発と吹き飛んだ家のドアだけが見えた。パンタロンが窮地におちいり、助けが必要なこともわかった。

トロトは反重力シートを急上昇させてポスビを追いかけ、上空から家を観察する。

周囲は静かだ。

ホーム・シントロニクスが、火が拡大する前に消火をおこなったため、もう細い煙の柱しか見えない。問題はなくなったかのように見えた。

戦闘服ではなく、薄手のコンビネーションを着ているだけのトロトは、家と周辺を調査するための装置を持っていない。反重力シートの肘かけに装備されたテレカムが唯一手もとにある装置だった。

「テンクオ・ダラブ」と、トロトは呼んだ。数秒もたたないうちに、小さなモニターに科学者の顔がうつしだされた。高度はすでに千メートルに達していたが、ポスビはその百メートル上空を飛行していた。半重力シートは思うように加速しないが、あきらめるわけにはいかない。パンタロンに追いつき、救助するタイミングはすでに計算ずみだった。

「わたしの家が攻撃された」とトロトは告げた。「現場を調査してほしい。ポスビは見えざる者たちの仕業だと主張している。必要な計測機器を運んでくれ」

「数分でそちらに向かいます」と、テンクオ・ダラブは答えた。

機器が到着するまで少し時間がかかった。そのあいだにトロトは意識を失ったポスビに追いついてからだをつかんだ。反重力プラットフォームを制御しなおすとそれに乗って急降下しはじめた。

「ここは、どこ?」パンタロンが声をしぼりだした。腕を振りまわす動作はまだやめられない。「なぜ、急降下している?」

「地獄へ向かっているからさ」トロトは笑いながら答えた。

「ああ、思いだしました。そうだ。爆発が起こったんだ。わたしは雲の上まで吹きとばされて意識を失った。そしていま地上にもどっている」

ポスビのからだはまだ完全には回復していなかった。自己修復機構が残りの損傷を修復するまで数秒かかった。

トロトはふたたびプラットフォームを制御しなおすと、家の前に静かに着陸させた。

その直後にテンクオ・ダラブも到着した。

「非常にうれしいです」ポスビが声を大にしていった。「ついに、わたしの重要性が証明されました。暗殺未遂。このわたしが殺されかけたんですよ！　なんてすばらしい！」

ふたりのハルト人は即座に視線を交わす。パンタロンが正気でないことは明らかだ。

「見えざる者たちはまだこの近くにいるのか？」トロトがたずねた。「エネルギー活動は検知できるか？」

「敵は逃げました」とポスビは答えた。「おそらく、わたしがもどってきたのを見て、驚いて逃走したのでしょう」

そのとき、ドモ・ソクラトが数人のハルト人とともに到着した。大型の機器を運びいれると、すぐに家とその周辺の調査をはじめた。パンタロンも調査に参加したがったが、トロトが、それは危険だといって《ハルタ》へもどるよう説得した。ポスビはしぶしぶその指示にしたがった。

「またしても亡霊現象だ」トロトはパンタロンが去ったあとにいった。「見えざる者たちについての情報をくれ。そうすることが、たがいの利益になると思わないか？」

「情報はほとんどありません」テンクオ・ダラブが困惑した顔で答えた。「これまでは、危害を加えられることがなかったからです。研究センターと個人宅がたてつづけに攻撃されたなどということは今回がはじめてです」

「それにしても見えざる者たちの行動は不可解だ」とトロト。「わたしではなく、ポスビを狙うなんて」

「パンタロンがなんらかの手がかりをつかんだからでしょう。かくれ場を突きとめたのかもしれません。だから、敵はポスビを排除しようとしたのです」

いますぐに対策を講じるということで、ふたりの意見が一致する。なにがなんでも見えざる敵の正体を突きとめる必要があった。

「メロップ大陸の研究センターでは、なにがおこなわれていたんだ？」トロトはたずねた。

「事件が起こったときは、特別に調整された超高周波ハイパーパルスシーケンスの制御データを、衛星を通じてドンガンの通信施設へ送信しようとしていました」テンクオ・ダラブは即座に答えた。その口調から、トロトとソクラトに対する不信感が払拭《ふっしょく》されたことがわかる。

「そのパルスシーケンスのせいで、見えざる敵が破壊行為を決行したのかもしれない」

トロトは推測する。

「確かに、その可能性はあります」

「罠をしかけてはどうだろうか。適切な安全対策を講じたあとにパルスシーケンスを再現するのだ。もちろん、罠は見えざる敵に気づかれないよう、一個所に目立たない形で設置する必要がある」

「それはむずかしいでしょう」テンクオ・ダラブが懸念を示す。「敵には姿が見えないという利点があります。隠れて、われわれを監視できるのです。だとすれば、罠をしかけても意味がありません」

「危険を承知でやるしかない。ほかに選択肢はないのだから」

「やるかどうかは、わたしひとりでは決められません。委員会に提案し、今後の方針についての判断を仰がなくてはなりません」

「委員会？」

「二千歳代の長老からなる委員会です。かれらがこの惑星では政務をおこなっています」

トロトは驚いた。

ハルト社会は明らかに変化していた。

「審議に、どれくらいの時間がかかるのか？」とたずねた。

「それはわかりません」テンクオ・ダラブは申しわけなさそうにいった。友愛に満ちたまなざしでトロトを見つめる。その視線から、男がトロトを慕い、尊敬していることがわかる。かれにとってトロトは無条件に信頼できる偉大な英雄なのだ。「一時間しかかからない場合もあれば、数日かかる場合もあります。決定がくだりしだい、伝えます」

「それなら、わたしは歴史博物館で決定を待つことにする」

*

七六四年は特別な年だった。イホ・トロトはヒスト・ホログラフィー・ホールに入る前にアチャン・アラーからそれを知らされていた。

二隻の宇宙船が、大マゼラン星雲のシンガン星系にある惑星シンガン＝ドルに到達する。その惑星にはグラドが暮らしていたが、グラド文明の中心地からは離れていた。つづいてグラドの世界の美しい映像が流れる。アチャン・アラーはトロトに酸素が豊富で、多種多様な植物と動物が生育しているシンガン＝ドルのさまざまな景色を見せた。

トロトは感動した。これまで多くの惑星を訪れたが、シンガン＝ドルはまちがいなく非常に美しい惑星のひとつだ。楽園といってもいい。功績をあげたグラドの退役軍人がそこで穏やかな年金生活を過ごす理由が理解できた。

二隻の宇宙船は未開の砂漠地帯に着陸した。そこで、ハルト人のガル・ゴールとエクスタレ・クロマットは反重力装置に乗りかえ、南の海にある美しい島のひとつに飛んだ。ふたりはグラドの退役軍人たちから温かく迎えられ、贈り物や特別な料理でもてなされた。住民は満ちたりてはいるが退屈な生活に小さな変化が生まれたことを喜んでいた。

エクスタレ・クロマットは住民との会話のなかで、退役軍人のなかには二百の太陽の星で働いていた者がいることを知った。

「では、あなたがたは中央プラズマがある場所を知っているのですか?」とたずねた。

「アンドロメダ銀河に運ばれたんだ」と、ひとりの老人が答えた。

「そこまでは、わたしも知っています」とエクスタレ・クロマット。「その後、どうなったかが知りたいのです」

「百年以上前に、われわれの助けを借りて」と、禿頭《とくとう》のグラドが答える。その目には白い眉がおおいかぶさっている。「ハブール星系のリジャールという惑星に移送されたんだ」

エクスタレ・クロマットは雷に打たれたかのように驚いた。質問をつづけ、ハブール星系がアンドロメダ銀河のどこにあるのかを突きとめようとするが、老人たちはその場所を知らない。

「情報センターに問い合わせてみなさい」禿頭の男が助言した。「あそこにはすべてのデータが保存されているから」

ふたりはすぐに島を去り、情報センターがある巨大大陸の北部へ向かった。シンガン＝ドルのグラドの生活は情報センターがすべて管理している。そこで、ふたりはハブール星系がアンドロメダ銀河のハローにあり、アンドロ・ベータとＮＧＣ２２４の中心のほぼ中間に位置しているという情報を得て、砂漠地帯にもどってきた。

長いあいだ探しもとめてきた情報がようやく手に入ったのだ。

ハルトコオルにもどると、ガル・ゴールはすぐに、ある特殊な情報を入手するためにハイパー無線の専門家であるアスファト・タサグを訪ねた。その風変わりな科学者に会うのは数年ぶりだった。かれはほかの科学者が全否定する理論の提唱者だった。その理論とは、超高周波の無線システムを使えば、時間のずれなく宇宙のどの地点からでもほかの地点と通信可能になるというもの。しかも、その無線システムは、何百年もかけて開発中の別のシステムの前モデルにすぎず、後者のシステムが完成すれば、時間と空間の制約なしに物質を移動させられるようになるという。

大多数の科学者たちはアスファト・タサグを奇人と見なし、かれが書いた科学論文がその証拠だと主張した。けれども、かれの研究を妨げる者はいなかった。というのも、ハルト社会では、各人が目標を自由に掲げて研究することが許されていたからだ。

ガル・ゴールの突然の訪問に、ハイパー無線の専門家は驚いた。中央プラズマとの直接コンタクトを試みている最中だったからだ。ガル・ゴールに状況を説明し、追いかえそうとしたそのとき、十人のハルト人がやってきた。ふたりは押さえつけられて、エネルギー性拘束フィールドに閉じこめられた。ガル・ゴールは激怒して抗議する。自分がここにいたのは偶然であり、アスファト・タサグと共謀していない、と繰りかえし主張し、なんとか無実を証明することができた。

「われわれは長年、アスファト・タサグを監視してきた」委員会から派遣されたひとりが説明した。「このラボからハイパー無線信号が発信されたことがわかった。このおかしな科学者は、みずからの実験と計画で種族全体の未来を危険にさらそうとしているのだ。もし中央プラズマがリジャールから消えたとすれば、この男のせいだ」

　アスファト・タサグはそれを全否定した。

「いずれ、きみたちは法に背いてわたしを拘束したことを後悔するだろう」と抗議し、すぐさま委員会に不服を申しでた。その結果、長期にわたって非常に複雑な審理がおこなわれることになった。しかし、すべてはむだだったことが判明する。アスファト・タサグは精神鑑定がおこなわれる可能性が出てくると、すぐに不服申し立てをとりさげた。精神異常者と判定されて、いくつかの権利を失うことを恐れたからだ。それどころか、委員会に媚《こ》びを売るために、秘密にしていた複数の発明を公表し、みずからの知識をハルト社会に無償で提供したのだ。

　そうして事件は忘れさられた。人々のアスファト・タサグへの関心は薄れていった。ハルト人がふたたびかれに注目するのは、ずっと先のことだった。

　委員会と民衆は、タサグがすべての計画をとりやめたと信じていた。そして、それがまちがいだったことをのちに痛感することになる。

その二年後の七六六年、第二の集団脱出が決行され、ハルト人はハルトコオルを去った。つまり、二年もの時間をかけて脱出の準備がおこなわれたのだ。

実は七六四年、ある宇宙心理学者を乗せた一隻の小型宇宙船が船団よりも先にハルトコオルから脱出していた。心理学者はすでに惑星リジャールに中央プラズマが存在することを知っていた。しかし、状況の変化や問題を避けるために、中央プラズマとはコンタクトをとっていなかった。

イホ・トロトは宇宙空間を漂っているような感覚で、ハルトの船団がとおりすぎていくのを眺める。その感覚が非常にリアルだったので、頭に手をやり、ヘルメットが閉じられているかどうかを確認しようとしたほどだ。指先がこめかみに触れたときに、ようやく自分がどこにいるのかを思いだした。

船団はアンドロメダ銀河のハブール星系の外縁部に飛行した。到達後、十隻の船からなる遠征隊が船団から離脱し、惑星リジャールに接近した。中央プラズマがあるとされる金属ドームはすでに宇宙から確認ずみだった。遠征隊の船は広大なエリアにひしめくようにして立つ二百以上のドームのそばに着陸した。

遠征隊のメンバーは大きな期待を胸にドームに足を踏みいれた。しかし、中央プラズマとコンタクトをとろうとしても、まったく反応がない。

結局わかったのは、中央プラズマは消えてしまったということ！

ドームは空《から》だった。中央プラズマも、マット・ウィリーもいない。プラズマはこの一年のあいだに移動したか、運びさられたようだ。痕跡を確認しても、消えた理由も方法も行き先もわからない。一行は、アスファト・タサグの超高周波ハイパー無線実験が原因かもしれないと考えたが、それを証明することはできなかった。

ハルト人は心底失望した。リジャールに何百万ものポスビがいたという証拠が見つかったとはいえ、それらは所詮痕跡にすぎない。ポスビも中央プラズマも姿を消していた。その後、残りの宇宙船が酸素も緑もとぼしい惑星リジャールに到着した。大集会に参加するために集まってきたのだ。

二千歳代の老人からなる委員会のメンバーたちは、集会場所から離れた島に集まり、ひそかに協議をおこなった。

若者の多くは中央プラズマが消えた事実を知って失望し、精神的に不安定な状態におちいった。衝動洗濯を起こして何日間も惑星の荒野で暴れまわった。事実を受けいれることができなかったのだ。そして、ふたたび死者が出た。多くの者が中央プラズマが消えただけでなく、仲間が命を落としたことに二重のショックを受けた。怒りも感じたが、その怒りをアスファト・タサグに向けることはなかった。証拠がないため責められなかったのだ。しかし、タサグ自身はみんなから責められないとは思っていなかった。だから姿を消した。

数人の科学者は、八カ月到着が早かったら中央プラズマとコンタクトできたはずだとの結論を出した。ポスビと中央プラズマがマット・ウィリーとともにリジャールに百年近く滞在していたことを考えると、八カ月はわずかな時間のように思われた。

多くの者がハルトコオルにもどりたがった。数百年にわたり開拓されてきたその惑星は、すでに第二の故郷になっていたからだ。

しかし、委員会はかれらの意に反する決断をくだした。

「われわれは中央プラズマを探しつづける」委員会のスポークスマンであるディプロ・ファラは仲間に向かっていった。「中央プラズマこそが希望だ。いま、あきらめるわけにはいかない。戦うのだ。ハルトコオルにもどることは、あきらめることと同じだ。もちろん、今回の件で、多くの者が多大なショックを受けた。ショックを乗りこえるのに何年もかかるかもしれない。あの科学者に裏切られたせいで、他者を信頼できなくなる者もいるかもしれない。だからこそ、行動しつづける。前を向いて攻勢に出るのだ。もしかすると、われわれはハルトコオルに長く滞在しすぎたのかもしれない」

「しかし、アンドロメダ銀河の全星系に飛行しようとすれば」だれかが反論する。「数万年はかかる。最後に訪れた星でようやく中央プラズマを発見するなんてこともありうる」

「委員会はその可能性についても考えている」とスポークスマン。「それでも、委員会

た。

反論する者はいなかった。ハルトの船団はふたたびスタートし、ハブール星系を去っ

んでいる。ふたたび船隊を組んで、各々が各々のやり方で中央プラズマを探すのだ」

いきたいところにいけばいい。もちろん、委員会はハルト人全員が船団に残ることを望

「そうだ」とディプロ・ファラ。「ハルト船団への帰属は強制ではない。みな自由だ。

の提案に変更はないのですか？」勇気ある若者がたずねた。

「それは提案なのですか？」勇気ある若者がたずねた。

アチャン・アラーはイホ・トロトを委員会のメンバーがいる司令室へと導く。トロト

は大遠征に出る者たちの考えや気持ちを知りたいと思う。歴史家はトロトに正確な情報

を伝えようと、あらゆる無線通信の内容を聞かせた。

そこから明らかになったのは、ハルト人は中央プラズマがすぐに見つかると確信して

いたこと。ほとんどの者が捜索は数年で終わると考えていた。

もちろん、そうはならなかった。

最終的には、中央プラズマとマット・ウィリーとポスビを発見するのに百四十年かか

った。驚いたことに、そのきっかけをつくったのはアスファト・タサグだった。

そして九〇六年に中央プラズマは発見されたが、そこへの道を切り拓《ひら》いたのはディプ

ロ・ファラだといえるだろう。

イホ・トロトはプラズマがある場所を知ると、驚いて立ちあがった。

「ありえない」と叫んだ。「聞きまちがいか？」

ホログラムが消え、笑みを浮かべたアチャン・アラーがあらわれた。

「聞きまちがいではありません。事実です」といった。

「まさか、そんなところにあったなんて」トロトは思わずつぶやいた。

7

「なぜ中央プラズマがドンガンにあることを教えてくれなかったんだ?」イホ・トロトはテンクオ・ダラブにたずねた。「ハルポラ星系内どころか、隣りの惑星にあるなんて」

ドモ・ソクラトを呼びよせてテンクオ・ダラブのもとへ飛んだトロトは、ふたりとともに大きな湖に面したシントロニクス制御の食堂にいた。テーブルの上には、ロボットが食材を調達し、ハルト人の味覚に合わせてつくった湖畔《こはん》地域の郷土料理が並べられている。実は、ハルト社会に会食の文化はない。ハルト人は通常、周辺地域に生える木の枝や大ぶりのキノコや草などの単純な有機物しか食べない。それどころか、石を食べても満足できるほど食へのこだわりがない。なぜなら、〝食物〟の分子構造を変化させて必要な物質をつくりだす能力を持っているからだ。

とはいえ、ハルト人といえども特別な機会には会食をすることもある。その場合のみ食事を楽しむのだ。

まさに、いまがその特別な機会だった。

イホ・トロトはハルト社会との関係を明確にしたいと考えていた。テンクオ・ダラブやほかのハルト人から無条件に信頼されることを願っていた。

「秘密にしていた理由を教えてもらえないのなら」と、ドモ・ソクラトの顔色をうかがいながらトロトはいった。「いますぐにこの惑星を去る」

ドモ・ソクラトも同じ思いだった。これ以上、隠し事をされ、ハルポラ星系のハルト社会に受けいれてもらえないのなら、ここにとどまりつづけるつもりはなかった。

「申しわけありません」テンクオ・ダラブは答えた。「お教えしたかったのですが、そのための条件が整っていなかったのです」

「それはわかっている。だからこそ、われわれは侮辱されたと感じた。何度、いわせればわかるんだ？」

テンクオ・ダラブは焼き魚を皿にとると、器用な手つきで身をほぐし、もっともおいしい部分を食べはじめた。

「われわれの気持ちも理解してください」と答えた。「ハルト人はカンタロの襲撃を回避するために銀河系を脱出せねばなりませんでした。これまで、銀河系への帰還は机上の空論にすぎませんでした。しかし、いま、その空論が現実になりつつあるのです。多くの者は神経質になり、恐怖さえも感じています。最後の瞬間に、だれかの軽率な行動のせいで、計画がだいなしになることを恐れているのです」

テンクオ・ダラブは果物を数個食べおえると、全長一メートルの大魚を皿にとった。「われわれはアスファト・タサグによる裏切りを経験しました。あの男のハイパー無線インパルスのせいで中央プラズマがリジャールを去ったことが判明したのです。そんな折に、パンタロンから、あなたがたが《ハルタ》でアスファト・タサグについて話していたことを聞いたのです」

「あなたがたがハルパトに到着したときの状況を考えてください」とつづける。「われ
「パンタロンは自分の存在をアピールするためにそんなことをいっただけだ。われわれふたりはアスファト・タサグとはいっさい関係がない。会話のなかで、その名を口にしたこともあるが、深い意味はない」

「それは、わかっています。しかし、この三カ月のあいだに、ハルパトでは謎の現象が何度も起こりました。科学実験が失敗し、工場の製造過程が妨害され、多くの不可思議な事件が起こりました。カンタロがわれわれを見つけ、攻撃の準備をしているのではないかという噂が立ち、社会不安が広がりました。多くの者は中央プラズマが危機にさらされていると思い、いまこそ戦うと決めたのです。そんな最中に、死んだと思われていたあなたがたがもどってきました。われわれは不信感を抱かずにはいられませんでした。慎重になるしかなかった。たとえ、あなたがたが名誉を傷つけられたと感じたとして

も」

「それは理解できる」と、トロトは答えた。

「なら、許してくれますか？」

「われわれが潔白であることは、この先、わかってもらえると思う」とソクラト。「見えざる者たちに関する現象を解明するために協力する」

テンクオ・ダラブは安堵のため息をついた。

「われわれは見えざる者たちの捕獲後、中央プラズマがあるドンガンへ飛行する予定です」と説明する。「現在、爆破事件があったのとは別の研究施設に、罠をしかけています。よろしければ、あす、あなたがたをそこへお連れします」

「なら、あすまでなにをすればいい？」ソクラトがたずねた。

「歴史博物館にいってください。アチャン・アラーがまだ見せたいものがあるといっています。中央プラズマを発見するまでの歴史はもう確認ずみかと思いますが、そのあとの歴史についても知っておいていただきたい」

「わかった」トロトが同意する。「九〇六年、ドンガンで中央プラズマが発見されたことまでは知っている」

「その後、ハルポラ星系の第三惑星が植民地化され、ハルパトと名づけられました」テンクオ・ダラブが補足する。

「今日は一一四六年三月十日。つまり、われわれはまだ二百四十年分の歴史を知らない」トロトが確認する。

「そうです。それは比較的平和な時代でしたが、知る価値はあります」

*

イホ・トロトとドモ・ソクラトが歴史博物館に到着したとき、アチャン・アラーは軽食を用意して待っていた。満面の笑みでふたりを迎える。訪問者をもてなすことに喜びを感じているようだ。

トロトとソクラトはテンクオ・ダラブのもとで食事をすませたばかりだったが、アチャン・アラーの誘いを断ることはできなかった。歴史家の気持ちに応えるために、食べ物を口にし、飲み物を飲み、かれが喜ぶ顔を見て満足した。

これが別の状況だったならば、いらだっていたかもしれない。しかし、この二百四十年間が比較的平和な時代だったことを知らされていたので、ヒスト・ホログラフィー・ホールにいくまで穏やかな気持ちで待つことができた。

「中央プラズマを発見したときは歓喜しました」とアチャン・アラー。「長年の目標が達成されたのです。これで銀河系にもどれると、だれもが確信しました」

歴史家は目を輝かせて、ふたりを見つめた。

「ほとんどのハルト人が惑星ハルトへの帰還を望んでいます。かつてないほど結束し、愛すべき故郷をとりもどそうと試みています。やはり、ハルト以外の惑星ではダメなのです。今後、ハルトへの帰還を求める者がさらに増え、最終的には委員会がその要求を受けいれることを願います」

「その気持ちはよくわかります」とドモ・ソクラト。「思考と感情を持つ生命体はみな故郷を必要としますから」

「故郷は自尊心の源泉です」アチャン・アラーが力説する。「だからこそ、われわれはハルトをとりもどさなければならないのです」

トロトはその会話には加わらなかった。アチャン・アラーの考えがすばらしいとは思えない。ソクラトのようにかんたんに受けいれることができなかった。他人の意見に流されにくい質《たち》なのだ。もちろん、ハルト人としての自覚はだれよりも強く持っている。けれども惑星ハルトで過ごした時間はほんの数年にすぎない。それ以外の時間はさまざまな宙域で、数多くの発見をしてきた。よって、故郷は絶対にハルトでなければならないという考えは持っていなかった。

それでもトロトは、惑星ハルトの再建が多くのハルト人にとってきわめて重要であることも認めていた。かれらは史上最大の課題にとりくむことで精神を安定させていたのだ。

「再確認しておきますが」アチャン・アラーは話題を変えた。「中央プラズマとは、ハイパーインポトロン性制御脳の生体構成要素であるポスビの中枢知性のことです」

「それはわかっている」と、トロトは短く答えた。プラズマについての長い説明を聞く気はなかったからだ。

その瞬間、照明が消え、最初のホログラムがあらわれた。トロトとソクラトは中央プラズマの発見の知らせが届くことを期待する。そのころ、ハルト人の多くはトルオフ星系の惑星ゲアンダーにいた。宇宙船を惑星の周回軌道に乗せて搭載艇でゲアンダーを訪れていた。数百名が長年対立していた二名の天文学者の決闘を見るために広大な平原に集まっていた。

決闘の準備中に、一隻の搭載艇が到着し、そこからプシオン学者のヘマ・ウェブストが出てきた。学者は丘に駆けあがると、全員に向かって大声で衝撃的な報告をした。

「中央プラズマを発見した！」あたり一面に響きわたるような声でいった。「銀河系への扉の鍵を手に入れたぞ！」

すぐに歓声がわきおこった。それまで一定の距離を保って立っていたハルト人たちが近づきあう。しかし、異例の状況下でも他人に触れる者はいない。みな笑顔で見つめあい、大声で情報を交わした。

計画されていた決闘は忘れさられた。観衆だけでなく、決闘する予定のふたりでさえ興味を失っていた。

ヘマ・ウェブストは、かれの遠征隊がハルポラ星系で中央プラズマを発見し、いくつかの言葉を交わしたと語る。そして、ドンガンに飛行するよう全員に求めた。

みな急いで搭載艇に乗りこみ、離陸する。搭載艇が宇宙船にもどるあいだに、ヘマ・ウェブストはハルポラ星系の宇宙データを全員に送信した。しばらくして数百隻の宇宙船がドンガンに向けてスタートした。

場面が変わり、トロトとソクラトは、ヘマ・ウェブストが船隊を引き連れてドンガンに着陸し、中央プラズマとのファースト・コンタクトを実現させる場を目撃する。

けれども、そこにいたのは、かれらだけではなかった。大ニュースはハルト社会でまたたくまに広まり、あらゆる分野の専門家たちが中央プラズマとコンタクトをとるために四方八方から集まってきていた。

プラズマは、ハルト人が隣りの惑星ハルパトに定住することに反対しなかった。かれらがその理由を明確に説明したからだ。

そこでアチャン・アラーが映像を切り、ホールに入ってきた。早急に北部の研究センターにいくよう、ふたりに求めた。

「テンクオ・ダラブが待っています」といった。

博物館の前には、高速・長距離移動用の大型反重力グライダーが準備されていた。ふたりはそれに乗りこむと、北へ向かい、氷河の境界線まで猛スピードで飛行した。フィヨルドにそびえ立つ山のなかに研究センターはあった。

無線信号がトロトとソクラトを岩壁のなかの巨大なハッチへ誘導する。とおりぬけると、ハッチはうしろで閉じ、ふたりはグライダーを格納庫に着陸させた。そこにはすでに多くのグライダーが駐機されていた。

テンクオ・ダラブが保安ハッチからあらわれた。オレンジ色の軽作業用防護服を着ている。

「なにが起こったんだ？」ソクラトがたずねた。「無線で報告してくれてもよかったのに」

テンクオ・ダラブはソクラトの言葉を無視し、冷静沈着なトロトに顔を向けた。

「見えざる者たちがあらわれたのです」と説明する。「無線では報告できませんでした。盗聴されるおそれがあったからです」

「どうやってそれに気づいたんだ？」ドモ・ソクラトがたずねた。

「パンタロンが教えてくれました。突然、消息不明になり、心配して探していましたが、二時間前に急にもどってきました。北部をパトロール飛行中に、見えざる者たちのものだと思われるエネルギー性インパルスを検知したそうです。以前起こった現象ににていると強く主張しています」

「パンタロンはいまどこに?」

「この研究所にいます。見えざる者たちも同様に」と、テンクオ・ダラブは答えた。緊張が伝わってくる。「ちなみに、移動式のエネルギー・プロジェクターを準備しました」

格納庫を出て、研究所に入ると、テンクオ・ダラブは説明をつづけた。数時間前に、ここから特別に調整された超高周波ハイパーパルスシーケンスが衛星に向けて発射され、それが不本意にも見えざる者たちを引きよせてしまったという。

「われわれのミスです」テンクオ・ダラブは率直にいった。「超高周波ハイパーパルスシーケンスを使って、見えざる者たちをおびきよせ、罠にかけるつもりでしたが、一部の者たちが予定外の場所でそれを実行してしまったのです。このセンターの所長は責任をとって辞任しました。所長の座は、わたしが引きつぎました」

「この期におよんで、見えざる者たちが、どこにあらわれようが問題ではない」トロトが意見を述べた。「やつらを捕らえることのほうが重要だ」

「最速で捕獲に必要なものを準備しました。あとは手遅れでないことを祈るだけです」

「そうでなければ、骨折り損のくたびれ儲けってわけか」とトロト。

テンクオ・ダラブが相手の顔を不思議そうに見つめた。

「それは、どういう意味ですか?」

トロトは笑う。

「テラナーの友がよくいっていた言葉だ。すっかり忘れていたが、いまふと思いだした」

三人が部屋に入ると、パンタロンがいた。小台の上から腕を上げて挨拶した。

「わたしがあげた功績についてはきみたちもすでに知っていると思うが」と、トロトの口調をまねていった。「とはいえ、その功績はまだ充分に評価されていないように思う。だから、ここでもう一度、わたしの口から説明させてもらいたいのだが……」

「その必要はない」テンクオ・ダラブが話をさえぎった。「ふたりには、きみの功績について充分説明した。もちろん、ほかの人の功績についても話をした。それは、きみの功績だけを話題にしたら、かえってそのすばらしさが伝わらないと思ったからだ」

パンタロンは至極納得し、どう返事すべきか考えているようだった。

「わかった」とトロトがいった。「そういうことなら、きみがどうやってその功績をあげたのか説明してくれ」

「いや、やめておきます」とパンタロン。「これ以上、説明しないほうがいいでしょう。すべてを最初から説明するのは、あなたたちを退屈させるだけですから」

トロトは笑みを浮かべた。テンクオ・ダラブに目配せし、感謝の気持ちを伝える。パンタロンの性格を見ぬき、うまくコントロールしてくれたからだ。

「なら、本題に入ろう」トロトが話を進める。「見えざる者たちはまだ検知可能なのか？」

「ある種のエネルギー活動は検知できますよ」とパンタロン。「そのインパルスは、メロップ大陸の研究センターで確認されたものと同じで、未知の装置から発せられています。つまり、見えざる者たちはここにいるんですよ」

「研究所のどこに？」テンクオ・ダラブがたずねた。

「この近くの倉庫に」

「危険を承知でいくしかない」テンクオ・ダラブは決心を固めていった。「見つかってしまっても仕方がない」

そして、壁にはめこまれた引き出しのひとつを開けると、そのなかのキイボードにデータを入力する。すると壁に配置図があらわれ、現在地が赤い点で示された。

「どの倉庫だ？」テンクオ・ダラブはたずねた。

パンタロンは台から滑りおりて、その場所を指さす。

所長はインターカムで研究所内の者に暗号化された命令を伝えると、トロトとソクラトを見た。

「拘束フィールド・ジェネレーターを準備しました」と説明する。「数秒後に装置が起動すると、敵が突破不可能な拘束フィールドが生成されます。それで倉庫を包囲するのです」

信号音が鳴りひびいた。

「生成完了」テンクオ・ダラブは叫んだ。「さあ、出発！」

かれが最初に部屋を飛びだし、トロトとソクラトとパンタロンがそれにつづく。通廊をぬけると、二体の箱型ロボットが見えた。倉庫の扉の前にできた見えないエネルギー壁のそばで待機している。空気が微動するときだけその壁は肉眼でも確認できた。

「見えざる敵を探知できるか？」トロトがパンタロンにたずねた。

「できません。拘束フィールドが探知機能を妨害しているようです」

「確かに、その可能性は高い」ソクラトが同意する。

「防護服を準備させる」とテンクオ・ダラブ。「わたしとともに構造亀裂からフィールドのなかに入ってもらえると、ありがたい」

「喜んで」とトロト。「見えざる者たちの仮面を剝がしてやるぞ」

箱型ロボットはテンクオ・ダラブから命令されると、急いでその場を離れた。数分後、グリーンの戦闘スーツを持ってもどってきた。

「防御力のあるスーツを選びました」とテンクオ・ダラブ。「見えざる者たちに攻撃されてもいいように」

「わたしはどうすればいいですか？」パンタロンが叫んだ。「防御バリアを張ることはできますが、集中攻撃には耐えられないかもしれません。それに、わたしはこの三人のなかでいちばん重要な存在ですからね。怪物たちに狙われていることを忘れないでほしい」

「そのとおりだ」トロトは笑いをこらえていった。パンタロンを同行させたくはなかった。ポスビは見えざる者たちを探知できるが、正確な位置まではわからない。足手まといになるだけだ。戦闘が起こる可能性もある。重大な損傷を受ければ、自己修復機構も機能しないかもしれない。「だから、なかには入らないほうがいい。きみを危険にさらしたくない」と伝えた。

「確かにそうですね」ポスビは同意する。「わたしは非常に重要な存在だから。そんなリスクを冒すわけにはいかないですよね」

トロトは銃を手にとって確認すると、構造亀裂から拘束フィールドのなかに入った。ロボットがうしろで亀裂を閉じる。パンタロンは指示されたとおり、敵がまだ倉庫内にいることを示す合図を送った。

テンクオ・ダラブは一瞬動きをとめると、ふたりの同行者を見てから扉を開いた。

「いつ攻撃されてもいいように準備を」と警告した。

扉を横にスライドさせると、倉庫のなかが見えた。トロトは驚く。思っていたよりも広かったからだ。奥行き五十メートル、幅二十メートル、高さ十五メートルの巨大倉庫から見えざる敵を探しださねばならない。高く積みあげられた金属製の箱の列が四つあり、列と列のあいだはひとりしかとおれない狭い通路になっていた。

「別行動しましょう」テンクオ・ダラブが提案する。「それぞれが、別の通路を進むのです」

トロトは右側の、ドモ・ソクラトは左側の、テンクオ・ダラブは中央の通路を進む。

敵は通路に立っているか、積みかさねられた箱の上から三人を監視しているのかもしれない。少なくともトロトにはなにも見えなかった。

「どこにいるんだ」ソクラトがつぶやいた。その声は、ヘルメット内のスピーカーをとおして別のふたりにも届いた。「やっぱりパンタロンを連れてくるべきだった。手がかりをつかめたかもしれない」

トロトとテンクオ・ダラブは返事をしない。ふたりとも、そうは考えていなかったからだ。けれども、いまはそんな話をしている場合ではない。

突然、トロトが箱のひとつが動いたことに気づき、武器をかまえて立ちどまった。

「なにかがいる」といった。

テンクオ・ダラブは自分がいる通路から出ると、トロトのもとへ向かった。ゆっくりと近づき、トロトが指さす動いたコンテナを見た。

「あそこだ」トロトはそういって、戦闘スーツに搭載された装置の表示を確認する。いまのところなにも検知されていない。

突然、閃光がはしり、トロトは軽い衝撃を受けたが、かれの目には弱い光しか見えなかった。ヘルメットの自動調整機能が瞬時に反応し、バイザーを黒くしたからだ。そのおかげでエネルギー・ビームが防御バリアに命中しても、目はくらまなかった。

テンクオ・ダラブが即座に発砲し、そのビームは動いた箱に命中した。エネルギーの奔流を受けた箱は砕け、燃えさかる破片が飛びちった。

「もっと慎重に」あとからやってきたソクラトが注意した。

「その必要はありません」テンクオ・ダラブは答えた。「敵を捕らえるためなら、すべてが破壊されてもかまわない。かならず見つけだしてやる」

そして、ふたたび発砲した。エネルギー・ビームが箱をかすめ、天井のすぐ下に張られた拘束フィールドに直撃した。フィールドはビームのエネルギーを吸収して、威力を強める。

「こんなやり方では無理だ」トロトが助言する。「敵が姿をあらわすよう、しむける必要がある」

「でも、どんな方法で？」

「拘束フィールドを分割し、セクターごとに探査をおこなうんだ。セクターは小さければ小さいほどいい。最終的には、敵がいる可能性の高いセクターだけが残る。それらをさらに分割していけば……」

そのとき、三方向からエネルギー・ビームが飛んできた。ひとつは防御バリアに命中し、そのほかは箱に火をつけた。炎が天井まで噴きあがり、箱の山が炎に包まれる。自動消火装置が拘束フィールドにはばまれて反応しないため、火は急速に拡大した。

敵は三人を包む防御バリアが破壊不可能なことを知っているはずだ。それでも、攻撃の手を休めない。トロトに狙いを定めて集中砲火を試み、失敗を繰りかえした。

トロトはエネルギー・ビームの発射地点に的をしぼって数回反撃した。それが見事に成功した！　敵のひとりが持っていた武器が爆発し、火柱がホールの天井まで立ちのぼった。

戦闘はそこで終わり、敵は正体をあらわした。

テンクオ・ダラブは、この三カ月のあいだに数々の事件を引きおこした犯人の姿を見て、頭を抱えてつぶやいた。

「ブルー・ナック……信じられない」

トロトとドモ・ソクラトも驚きを隠せなかった。見えざる敵の正体を何度も想像してきたが、これはまったくの想定外だった。

三名のうちの一名は箱の上に横たわって死んでいる。武器が爆発したせいで致命傷を負ったのだ。ほかの二名はそこから二メートルほど離れたところにいた。深い傷を負い、もう戦えるような状態ではない。武器を投げすてて降伏した。

「もう充分だ」いっぽうのブルー・ナックがいった。「きみたちは重大なあやまちを犯した」

テンクオ・ダラブは反重力装置のスイッチを入れて浮かびあがると、投げすてられた武器をとりにいった。そのあいだに、ほかのふたりはナックが姿を消すために使った機器を探したが、見つからなかった。

「使用されたデフレクターは、エネルギー・ブラスターとともに爆発したにちがいない」ロボットが生き残ったナックを医療センターに運ぶようすを見ながらトロトがいった。だれもがナックの命を救いたいと考えていた。

8

次の日、イホ・トロトとドモ・ソクラトが歴史博物館に到着すると、アチャン・アラーは準備して待っていた。ふたたび軽食を提供し、ふたりをもてなす。

「ブルー・ナックの容態は？」ソクラトが挨拶を交わしたあとにたずねた。

「最高水準の治療を受けているところです。もうすぐ回復するだろうと、テンクオ・ダラブが先ほどいっていました」

「それで？」トロトが質問する。「きのうよりは、話をしてくれるようになったのですか？」

「いや。われわれが重大なあやまちを犯した、とふたたびいったきり、口を開きません」姿を消した方法についても聞きだそうとしたが、むだだったという。「監視されていることはわかっていますが、それを拒んだり、姿を消したり、逃げだそうとはしません。ただ静かに、なにかを待っているように見えます」

「そういえば、テンクオ・ダラブはきのう、ナックがハルポラ星系に基地を持っているのではないかといっていた」とソクラトがいった。

「現在、ナックが乗ってきた船と基地の捜索がおこなわれていますが、まだ発見されていません。依然として、ナックは謎につつまれたままです。どこから、どんな目的でやってきたのかは不明です」

食事のあと、アチャン・アラーはふたりをヒスト・ホログラフィー・ホールに連れていった。

「今日、死亡したナックの埋葬式がおこなわれます」と伝言を伝える。「あなたがたも式に参加できるとテンクオ・ダラブがいっていました」

「考えてみます」とトロトは答えた。

「では、これから、過去二百四十年間の重要な出来ごとをお見せします」アチャン・アラーが説明をはじめる。「これまで同様、お見せするのは大事な部分だけです。実際にはもっと多くのことが起こりましたが、歴史的に重要なのはその一部だけですから。今回、登場するのはアスファト・タサグ。これを見れば、パンタロンがその名を口にしただけで、テンクオ・ダラブが極度に不安になった理由が理解できるようになるでしょう。かれは、あなたがたとあのおかしな科学者とのあいだにはなんらかの関係があると考えました。ハルポラ星系にやってきたのは、あの科学者に呼ばれたからだと思ったのです」

「あの奇人とはなんの関係もありません」ソクラトが断言する。「ただ、かれが七百年以上前につくられたハイパー通信送信機のモジュールの開発者だったので、その名を一度口にしただけです。送信機の修理中に、その名前を見つけたのです。かれの消息を知りたいとは思いましたが、実際に調べたわけではありません」

「アスファト・タサグはまだ生きています」アチャン・アラーが語気を強めていった。

「しかし、この数百年のあいだにハルト社会に貢献したとはいいがたい」

そこで映像があらわれ、トロトとソクラトは九〇六年にタイムスリップした。

ハルト人は無線で、ドンガンの赤道以北の島にいる中央プラズマと話をしていた。銀河系でのカンタロの独裁を終わらせるために協力してほしいとプラズマに伝えたのだ。

まさにそのとき、アスファト・タサグが搭載艇でドンガンに着陸した。トロトとソクラトは、艇を降りた科学者が走行アームを使って四つん這いになり、中央プラズマがあるドームに駆けよるのを見る。しばらくすると四つのこぶしで壁を叩く音が聞こえてきた。

そのときアチャン・アラーの顔がホログラムのなかにあらわれた。

「最初はなにが起こったのか、わかりませんでした」と説明する。「ハルト人のなかにテレパスはいませんから。しかし、中央プラズマは科学者の思考を確実に読みとったのです」

トロトはシートにすわったまま背筋を伸ばした。アスファト・タサグのような危険人物を中央プラズマへ接近させてしまう。そんなミスをハルト人が犯したことが理解できなかった。

「アスファト・タサグがなにかをたくらんでいるなんてことは、だれも考えていませんでした」とアチャン・アラー。「みな中央プラズマを発見した喜びに浸り、銀河系でのカンタロの独裁を終わらせて、ハルトにもどることしか考えていなかったからです」

「それでアスファト・タサグはなにをしたのですか？」ソクラトがたずねた。

「無我夢中でドームの壁を叩きました。そのとき、かれのあたまのなかにあったのは、実験のために中央プラズマの高い能力を利用したいという思いだけでした。中央プラズマを奴隷にし、自分の計画のために利用するつもりだったのです。のちに本人の口からそれを聞きました」

「それで、中央プラズマの反応は？」ソクラトがたずねた。

「アスファト・タサグはハルト人全員が自分と同じ意図を持っていると信じていました。だれもがカンタロを打ちまかすために中央プラズマを奴隷化し、酷使するつもりだと思いこんでいたのです。よってアスファト・タサグの思考を読みとった中央プラズマは、ハルト人全員が同じ意図を持っていると考えました。なにが起きているのかに気づいていなかったわれわれは、アスファト・タサグの考えがまちがっていると中央プラズマに説明しませんでした。そのせいでプラズマはすべてを誤解し、心を閉ざしてしまったのです」

「心を閉ざした？」ソクラトが訊きかえした。「どんなふうに？」

「無線通信に返事をしなくなりました。つまり、われわれを無視したのです」

ホログラムのなかに、アスファト・タサグが搭載艇にもどり、スタートするようすがうつしだされる。ほかの者もそれにつづいた。

「われわれはしばらくのあいだ中央プラズマをほうっておくことにしました」アチャン・アラーが説明をつづける。「もちろん、突然、消えたりしないよう、衛星を使って昼夜監視しました。意外にも中央プラズマはドンガンにとどまりつづけました。そのあいだに科学者たちが何度もドンガンに飛び、中央プラズマと話をしようと試みました。最終的には、テンクオ・ダラブが隣りの惑星に研究ステーションを設置し、常時待機することになったのです。それから九五六年まで、中央プラズマは五十年間沈黙を守りつづけました。あの風変わりな科学者の考えを信じたせいで」

しばしの沈黙のあと、アチャン・アラーはつけくわえた。

「これで、あなたがたが《ハルタ》でアスファト・タサグの名を口にしたとパンタロンから聞いたテンクオ・ダラブが、どれほど驚いたかがわかるでしょう。最悪の事態を恐れて、慎重にならざるをえなかったのです。ポスビが精神的な問題を抱えていることを知らなかったのですから」

そこで映像が変わり、テンクオ・ダラブが中央プラズマとの再コンタクトを試み、最終的に成功するまでの過程がうつしだされる。

ある日、戦闘からもどってきたテンクオ・ダラブは、研究ステーションで一名のポスビを発見した。数十年間、すべてのポスビに対してしてきたように友好的な態度で話しかけた。

「中央プラズマが、質問があるといっています」と、ポスビは突然口を開いた。

テンクオ・ダラブは雷に打たれたかのように驚いた。急いで無線機に駆けより、中央プラズマに話しかけると、返事がきた。

「なぜ、わたしが銀河系で活動できると考えたのか？」と、プラズマは訊いた。「わたしはあの宙域とは無関係だ。カンタロにも興味はない。わたしの故郷はアンドロメダ銀河だから」

「テラナーと結んだ援助協定を思いだしてくれ」テンクオ・ダラブが説得する。「カンタロは銀河系を完全に支配したら勢力範囲をさらに広げようとするだろう。そうなると、アンドロメダ銀河に侵攻する確率も非常に高くなる。つまり、あなたの故郷は安全ではないのだ」

「しばらく考えさせてくれ」と、中央プラズマは答えた。そして、四十三年間沈黙をつづけたのだ！

委員会の判決により拘束され、隠遁所で軟禁生活を送っていたアスファト・タサグは九九九年、姿を消した。軟禁中に精神状態は改善されるどころか、むしろ悪化していた。そして捜索もむなしく、恐るべきことが現実となった。科学者はふたたびドンガンへ飛行し、中央プラズマと接触したのだ。けれども、今回は正気でないことがばれていたため相手にしてもらえなかった。そして、また消息を絶った。いっぽう、中央プラズマはふたたびテンクオ・ダラブとコンタクトをとった。

「きみの考えに同意する」と、喜ばしい言葉を口にした。

こうして同年、カンタロを支配するコントロール通信網を無効化するためのハイパー通信装置の開発が開始された。

ホログラムが消えると、アチャン・アラーがホールに入ってきた。

「そして、いまがあります」と説明する。「現在、ハルト人の半数以上がこの開発プロジェクトに参加しています。けれども、乗りこえるべき問題がもうひとつあります」

「それがなにかは察しがつく」そういうと、トロトはシートから立ちあがった。「ハイパー通信装置が完成したら、中央プラズマを銀河系に運ばなくてはならない」

「そのとおり」歴史家が認める。「二二〇万光年以上離れていては、装置は効力を発揮できませんから」

「そのためには狂気の壁の突破法も見つけなければならない」ソクラトがつけくわえた。

「大勢の科学者たちが壁の突破法を探しています」とアチャン・アラー。「ですが、まだ見つかっていません」

「で、アスファト・タサグはいまどこに？」とソクラト。「まだ見つかっていないのですか？」

「まだです。ロボットがドンガンを巡回し、捜索をつづけています。ポスビたちも協力していますが、手がかりはつかめていません。かくれ場で死んでしまったのかもしれません」

「医学の力を借りてもアスファト・タサグを治療できなかったのは驚きだ」ソクラトが意見を述べた。

「もちろん、脳内の代謝異常に対しては治療をおこないました。しかし、その結果として、精神錯乱を引きおこしてしまったのです。とはいえ、人格に対しては治療をおこないませんでした。もししていたら、かれの人格を完全に変えてしまっていたでしょう。ご存じのとおり、ハルト社会では、他者の人格に介入することは禁止されています。よって、アスファト・タサグの治療は中断され、病気は治癒しませんでした」

アチャン・アラーはほほえんだ。

「かれのことは忘れるべきです」と提案する。「テンクオ・ダラブのもとにいってください。あなたの家で待っています。あなたがたを連れてドンガンへ飛行し、中央プラズマに会わせたいといっています。きっとプラズマはあなたがたの訪問を受けいれ、喜んでくれるにちがいありません」

「それはありがたい」トロトは喜ぶ。「すぐに出発しよう」

＊

搭載艇が惑星ドンガンへの着陸準備をはじめると、パンタロンは歓喜した。中央プラズマがあるドームはそこからまだ二百キロメートル以上離れている。艇の下に広がるサバンナには草食動物とポスビが群がっていた。

「ドンガンはテラフォーミングの過程をへて変化しました」テンクオ・ダラブが説明する。「一見、二百の太陽の星ににていますが、ここには二百の人工恒星はありません」

イホ・トロトとドモ・ソクラトはスクリーンを見ながら惑星の美しさに魅了される。

テンクオ・ダラブは乗客が景色を楽しむことができるよう高度約三キロメートルで飛行する。密林におおわれた渓谷を越えて四つの巨大なハイパー通信施設に近づいた。

「この施設は実験を目的としてつくられました」トロトとソクラトから質問される前に説明をつづける。「ハルト人は銀河系を去る前に、ハイパーエーテル内で超高周波から高周波の謎の信号を観測しました。その信号の意味は、今日にいたるまで明らかにされていません。発信源もつかめていません。信号は全方向から等しい強度で等方的にはなたれたようです」

「それは驚きだ」とトロト。「なら、考えられる答えはひとつしかない」

「そのとおり」テンクオ・ダラブがうなずく。「発信源はひとつではなく、何千、もしくは何百万もあるということ」

「その信号によって、カンタロとエリート部隊である電光が操られたり、影響を受けたりしているわけか」ソクラトがつけくわえた。

「この発見をもとに、われわれは七百年ものあいだ研究を進めてきました。そしていま、目標に到達しつつあります。一年後には、中央プラズマの力を借りてコントロール通信網を破壊できるでしょう。ですが問題はカンタロです。妨害は阻止せねばなりません」

搭載艇は満開の花をつけた低木でおおわれた大平原の上を飛行する。

「中央プラズマがある島に向かっています」とテンクオ・ダラブがいう。「プラズマと話をしたあとに、ドンガンのほかのエリアもお見せします。見る価値は充分にありますから、楽しみにしていてください！」

突然、ラジオカムが作動した。

警報発令を示すシンボルがモニターに表示される。

「なにが起きたんだ？」トロトは驚いてたずねた。

「わかりません」不安にかられたテンクオ・ダラブが答えた。そして速度を限界まで上げると、中央プラズマがいる島に直行した。

中央プラズマの危機

マリアンネ・シドウ

登場人物

イホ・トロト……………………ハルト人。《ハルタ》指揮官
ドモ・ソクラト………………同。アトランのもとオービター
パンタロン……………………ポスビ
テンクオ・ダラブ……………ハルト人。科学者
プンターナット………………マット・ウィリー。トロトたちの世話役
オルフェウス…………………ポスビ
リンガム・テンナール………小柄なハルト人。科学者
ヴァロンゼム…………………ナック

1

「おい、きみ！」

プンターナットはトレーニングを中断し、剣をおろして振りかえった。開いたドアの前に巨大な金属製の卵が浮かんでいる。まるで蒸気ハンマーに強打されたかのように、形がゆがんでいた。

「なんの用だ？」プンターナットは無愛想に訊いた。

「きみを迎えにきた」

「なんのために？」

「きみが必要だから」

「本当にそう思っているのか？」

「思っている」

「それなら、勘ちがいだ。いったい、だれを迎えにきたんだ？」

「きみだよ。きみの名はプンターナットだろ？」

「ちがう！」プンターナットは断言すると、剣を金属製の物体に向けた。「わたしはモンテ・クリスト伯に登場する、あの忘れられた復讐者だ。すぐにここから去れ。さもないと切るぞ！」

金属の卵はドアの前で静かに浮かんでいる。なにを考え、なにを感じているのかは、外から見るだけではわからない。卵はぎこちない動作で、へこんだ部分から菌糸ににた金属製の視覚センサーを伸ばすと、その先端についた丸いものを左右に揺らした。それはまるでカタツムリの触角の先についた目のように見えた。

「きみはわたしを切れない。その棒きれでは無理だ」卵は冷静にいった。

「なんてやつだ！」プンターナットは叫んだ。「わたしの武器を侮辱するなんて。その代償は大きいぞ。これでもくらえ！」

「危ない！」卵は即座に半メートルほどさがって叫んだ。「もう少しでレンズが壊れるところだった」

「おまえの心臓を焼いて夕食にしてやる」プンターナットはそう宣言すると、卵に突進し、金属のからだの中央にあるへこみに剣を刺した。「それがいやなら反撃してみろ！」

「わかったよ」そう卵はいうと、先端にペンチのようなものがついた腕を伸ばし、それでプンターナットが握っている剣をつかむと、すばやく回転させた。もしプンターナットに手首があったなら、まちがいなく骨折していただろう。

「ったく、ポスビには冗談がつうじない！」プンターナットは文句をいった。「それで、要件はなんだ？　わたしの自由時間をじゃまするほど重要なことなのか？」

「訪問者がここに向かっている」

「なんだ、そんなことか！」プンターナットは無愛想にいった。「ここには頻繁に訪問者がくる。それがどうした？　わたしには関係がない」

「今回は特別な訪問者なんだ」ポスビが語気を強めていう。「中央プラズマが、きみがかれらの世話役になれ、といっている」

「わたしが？」

「そう、きみがだ」

「信じられない」プンターナットはそういうと、変装をやめて、もとの姿にもどった。「そんなことをいったのは絶対に中央プラズマじゃない。あの老いぼれのウェッゲルビルだろ。あいつはわたしのことがめざわりなんだ。わかるか？」

「わからない」ポスビは正直に答えた。

「本当にわからないのか？」プンターナットはあきれたようにいった。「まあいいさ。

わたしはおまえの伝言を聞いて、それを理解した。訪問者が到着したら、そこにいくだけさ」

「いくだけじゃダメさ」とポスビ。「時間どおりにいかなくてはならない。だから、わたしはきみにつきそうようにと頼まれたんだ」

「いったい、だれに？」

「中央プラズマに」

「わたしに嘘をつくのか？　ウェッゲルビルに決まっている。賭けてもいい」

「ウェッゲルビルなんて知らない！」

「それはラッキーだ」プンターナットは冷たい口調でいった。「あいつは不愉快なやつだ。考えるだけで虫唾《むしず》がはしる。悪魔にでも連れさられるがいい」

「なんてひどいことをいうんだ！」ポスビは驚いていった。「きみが本当に世話役になるべき者かどうかを再確認しなくては」

「いいだろう！」プンターナットは喜んで叫んだ。「そうしろ！」

「いま再確認した」ポスビが報告する。「やはり、きみでまちがいない。なら、いこう」

「まあ、あわてるな」プンターナットが引きとめる。「まずは訪問者の種族を知りたい」

「なぜ、そんなことに興味があるんだ？」ポスビは困惑してたずねた。

「その種族に変身して迎えにいきたいからだ」

「どうして？」

「それが礼儀というものだ」

「そんなバカげたことが礼儀だなんてはじめて聞いた！　でも、どうしても知りたいようだから教えてやる。ハルト人だ」

「またか！」プンターナットは残念そうにいった。「ハルト人！　やつらは毎日のようにここにやってくる。別の異人にも会ってみたいものだ」

「たとえば？」

「テラナーさ！」

「そんなことがあれば奇跡だ！」ポスビが思わず本音をいう。

「だろ！」プンターナットが勝ちほこったように叫んだ。「やっぱり、きみもそう思っているんだ。テラナーはこない、って。おもしろい姿をした知性体はここにはこない、って。くる日もくる日もハルト人ばかり。もういいかげんに……」

「ハルト人に不満でもあるのか？」ポスビがすかさず口をはさんだ。

「悪口をいうつもりはない」プンターナットは責められたと感じていいかえしたが、すぐに開きなおっていった。「だが、悪口をいったとしても、それはわたしの自由だ。だれにも文句はいわせない」

もしポスビが人間だったなら、あきれかえるか、激怒していただろう。けれども、生体ポジトロン・ロボットであるポスビはあからさまに視覚センサーをひっこめて一メートルうしろにさがっただけだった。

「いっておくが、わたしがハルト人に抵抗を覚えるのは」プンターナットは相手の態度に動じることなく話しつづけた。「見てのとおり、種族のなかで、わたしは……なんというか……小柄なほうで」

「確かに、きみはちびだ」ロボットであるポスビは率直にいった。

「言葉に気をつけろ！」プンターナットは叫んだ。「だが、今回だけは見のがしてやる」

「それがいい」とポスビ。「では、出発……」

「急《せ》かすな！」プンターナットが怒声をあげた。「わたしはハルト人には変身できない」

「できるさ！」

「無理だ！　わたしは小さすぎる」

「それがどうした？」

「選択肢はふたつある」プンターナットは即座に手をふたつつくると、指を立てて数を示しながら説明する。「ひとつめは、侏儒《しゅじゅ》のハルト人として登場する。だが、それはみっともない。ふたつめは、一見まともだが、しだいに形が崩れていくような安定性のない形で登場する。それも失礼かつ無礼だろう。いや、言語道断。訪問者にとってはいまいましいだけだ。いったいだれが、とけて形がなくなっていくような者に会いたいと思う？　わたしならそんな者には会いたくない。気分が悪くなる。いや、ごめんだ！」

「きみはそのままの姿でいい」ポスビはあきれたようにいった。

「まさしくそれが、わたしにとって屈辱なんだ！」プンターナットはいいかえした。

「あの有名な役者の末裔《まつえい》がありのままの姿をさらけ……」

「わたしは非常に有名な役者の子孫なんだ！」プンターナットは胸とは呼べない胸を張っていった。

「いま、なんていった？」

「知らなかったのか？」

「役者って言葉すら知らないけれど」

「当然だ！」プンターナットは相手を見くだすようにいった。「おまえはただのポスビだ。ロボットは役者にはなれないからな」

その言葉が金属製のからだを持つ生体ポジトロン・ロボットの繊細な回路を刺激したらしい。ロボットは激怒したハリネズミのようにすべてのセンサーとアームをいっきに展開した。

「ポスビはなんでもできるんだ！」と、立たせた付属物のあいだから叫んだ。「必要とされることは、なんでも！」

「フェンシングすらできないくせに！」プンターナットは嫌味をいい、それがショックだったのか、ロボットは突如、立たせていたすべての付属物を折りまげた。その姿は病気のせいで針が折れてしまった哀れなウニのようだ。

「フェンシング？」と、ポスビはそうつぶやくと、つかんでいたプンターナットの〝ミニ剣〟から手を離した。

「そうだ、フェンシングだ！」と、プンターナットは叫ぶと、剣を握りしめ、瞬時にフランスの貴族に変身した。ベルベットのスーツに帽子、風になびく羽根飾りまで完璧に再現している。「アンガルド！」

「またそんな言葉を！」ポスビはため息をつくと、数歩退いた。プンターナットが剣を振りまわしながらポスビのまわりをまわり、いかにも恐ろしげな剣技を見せつける。

「その意味はなんだ？」と、ポスビはいった。

「え？」プンターナットは質問されると一瞬バランスをくずし、すばやく剣を横にどけた。あやうく自分の足を切りおとすところだった。

「それは」と、考えながらいった。「意味は不明だが、決闘の前にかならずいう言葉だ。もちろん、意味はあるはずだ。たぶん……。いま、調べる。古い辞書をいくつか持っているんだ……。えっと、ちょっと待てくれ。アンガルド、アンガルド……。どこにあるんだ？」

「もういい！」ポスビは怒っていうと、プンターナットのからだをつかんだ。堪忍袋《かんにん》の緒《お》が切れたのだ。

「その汚い手で触るな、悪党め！」プンターナットは激怒して叫んだ。「やめろ！　わたしは断固として抵抗するぞ！　ストライキだ！　そう、ストライキをするぞ！　拷問されても、おまえのいうことなんか聞くものか！」

「黙れ！」ポスビは強く命じると、プンターナットのからだを持ちあげ、アームの下に押しこんだ。

「やめろ！」プンターナットは大声で叫びつづけた。「はなせ！　わたしの自由はだれにも奪えないぞ。おまえは怪物、化け物、悪人……」

ポスビはシャベルににた付属物を伸ばし、それでプンターナットの口を塞いだ。しかし、かれが黙ったのは、ほんの一瞬だけだった。口を別の場所に移して、ふたたび叫びはじめた。

「助けてくれ！」と叫んだ。「誘拐される！　殺される！　これは犯罪だ！　助けてくれ！　そこで突ったって見てないで！」

周囲のバラックふうの建物から出てきた何百ものマット・ウィリーやポスビたちが飛

んだり、転がったり、浮遊したり、這ったりして、悲鳴をあげるプンターナットのもとに駆けつけたが、目の前で起こっていることを見ると手出しできなかった。

「臆病者！」プンターナットはまたもや叫んだ。ポスビに引きずられながら、傍観しているマット・ウィリーや恐れおののいているロボットたちに向けて吐きすてた。「だが、次はおまえたちの番だ！　そのうち同じ目にあうぞ！　そうなってから、わたしに泣きついてくるなよ！　おまえたちが処刑台に連れていかれそうになっても助けてなんかやるもんか！」

「なぜ、きみにこの任務があたえられたのかわからない！」ポスビは不満そうにいった。

「わたしから見ると、きみは一生、仕事をもらえないマット・ウィリーだ」

「ふざけるな！」プンターナットは思いっきり息を吸いこむと、叫んだ。

ポスビは突然動きをとめると、即座にプンターナットを複製した脚の上に乗せた。そのとき上から強く押したので、マット・ウィリーのからだは半分に縮まった。

「もう充分だ！」ポスビは断言した。

プンターナットはからだの中心を軸にしてゆっくりと振りむく。

「本当にそうだ」と、納得したようすでいった。「おまえのいうとおりだ。わたしの負けだ。どうだ、礼をする気はないか？」

「なんだって？」ポスビは困惑してたずねた。

「つまり」プンターナットは怠惰な生徒を諭す教師のように穏やかな口調でいった。「この勝利の一部はおまえの努力の賜物《たまもの》だ。もちろん、おまえの演技はまだそうとう素人臭いが……才能がないわけじゃない。そう、ないわけじゃないんだ。むしろ素質があるように見える！」

「素質？」

「そうだ。わたしも非常に驚いている。ポスビにそんな能力があるとは思っていなかった」

「なんの話をしているのか、まったく理解できない」ロボットは困惑していった。

「まわりをよく見ろ！　わたしはこれまで何度も演技を披露してきたが、こんなに大勢の観客を集めたことは一度もない！」

「観客？」

「そうだ。観客だ」プンターナットはそういうと、少し考えてから優しい口調でいった。「もちろん、これはわたしの技能が徐々に成熟してきた証《あか》しでもある。訓練の賜物だ。おまえもそれにならうべきだ。友よ、しっかりと練習するんだ。そうすれば、おまえも才能を発揮できる」

「本当にそう思うのか？」ポスビは驚きと興味を同時に示してたずねた。

「わたしはつねに本当のことしかいわない」プンターナットは断言する。「おまえは師匠を見つけるべきだ」

「師匠?」

「そうだ、演技の師匠を」

「ドンガンにそんな者がいるとは思えないが」ポスビは困惑しながらいった。

「いるさ」

「どこに? それはだれだ? どうやって見つければいい?」

「師匠はもうきみの前に立っている」プンターナットは優しい口調でいった。「名前を教えてくれ」

「わたしの整理番号は……」

「そうじゃない!」プンターナットはあきれたようにいった。「そんなくだらない番号なんかいらない! 番号しか持っていない者は成功できないぞ。おまえには芸名が必要だ」

「それはなんだ?」

「芸術家につける名前のことさ」

「なんのことかさっぱりわからない」

「すぐにわかるさ」プンターナットはなだめるようにいった。「まずは名前だ。いっしょに考えよう」

そして、すばやく皮膚のしわから黒いミニ手帳をとりだすと、それを眺めた。

「いくつかの名前はすでに使われている」と、真剣な口調でいった。「おまえがはじめての弟子ではないからな。まだ使われていない名前はあるかな？　少し時間をくれ。きみに合う名前じゃないと、すべてがむだになってしまうからな……おお、これなんてどうだ！　おまえにぴったりだと思うが。オルフェウスはどうだ？」

「なんだって？」

「オルフェウスだ。非常に有名な歴史的人物の名だ。もちろん、テラナーだ。弟子には全員テラナーの名をつけている。それが演劇界の伝統だ。わたしの先祖がテラの古典演劇界で大成功をおさめたってことは、おまえにもう話したっけ？」

「いや」話の趣旨をまったく理解していないポスビは小声で答えた。

「なら、いまそれを知ったわけだな」と、プンターナット。「よく覚えておいてくれ。何度も説明するのは好きじゃない。役者だったわたしの先祖のマット・ウィリーは古典演劇における大役を数多く演じた。もちろん、その演技力は卓越していた！」

「そうだろうね！」ポスビはわけもわからず小声で相槌《あいづち》を打った。

「オルフェウスなんて偉大な名は、だれにでもあたえられるものではない」プンターナットはつづける。「名誉なことだ。それくらいはきみにだって理解できるだろう？」

プンターナットは複製した鼻に、複製した眼鏡をかけると、うるんだ光る目でポスビを見つめた。

「わたしに新しい名前なんて必要ないと思う」ロボットは慎重にいった。

「おまえはなにもわかっていない！」プンターナットは叱った。「すべてわたしに任せておけばいいんだ。後悔しても遅い。おまえの名はもう名簿に記載されてしまったのだから。オルフェウス、さあ、いくぞ！」

「いくって？」ポスビは混乱してたずねた。「だれが？　なにをしに？　どこへ？」

「なるほど、そういうことか」プンターナットは眼鏡越しに、見くだすような目で相手を見た。「おまえは記憶力があまりよくないんだな。でも、心配ないぞ。いい記憶力改善法を知っている。訓練すれば、すぐによくなるさ。わたしがついているから、心配しなくていい」

「心配なんかしていない」ポスビはセンサーを折りまげていいかえした。「わたしは……」

「わかっている」プンターナットは熟練の心理療法士のように柔らかな口調でいった。「わたしを信頼してくれているのだな。おまえはいま最高の師匠のもとにいる。さあ、いこう。われわれの任務を遂行するのだ」

「きみが任務を思いださせてくれてよかった」ポスビはふるえる声でいった。

「あたりまえじゃないか」プンターナットは大げさにいった。「しかし、これだけは覚えておいてくれ。命をささげられるほど演技に夢中になっても、われわれはただの素人であることを忘れてはならない。課せられた任務を決して忘れてはならない。任務が最優先で、演技はその次だ。それだけは肝に銘じておけ、弟子よ。絶対にな！」

「でも、きみはあの役者……」

「黙れ！」プンターナットが叫んだ。「反論は許さない！　前進だ、進め！」

　そのとき、警報が鳴りひびいた。

2

即座に大混乱が生じたことはいうまでもない。そうならなかったら、プンターナットはもっと驚いただろう。パニックはポスビとマット・ウィリーの典型的な反応だが、もしかすると中央プラズマも混乱することがあるのかもしれない。だが、それはよけいな想像だった。プンターナットは急いでその考えを頭から追いはらった。

もちろん、プンターナットは中央プラズマが決してパニックにおちいらないことを知っていた。巨大で、きわめて知能が高いその存在は、惑星ドンガンとその周辺で起こるほとんどすべての出来ごとを把握している。よってつねに冷静だ。パニックは無知から生じる。パニックとは無力感と絶望感とあせりのせいで、突然の予期せぬ出来ごとに対処できないときに起こる反応なのだ。

だから、中央プラズマがパニックにおちいることはありえない。ポスビもマット・ウィリーもみなそれを知っていた。たとえ予期せぬ出来ごとが起こったとしても、中央プラズマは周囲に助けを求めることができるため、パニックになる理由がない。助けてもらえる可能性がある存在はパニックとは無縁だ。少なくとも、プンターナットはそう考えていた。しかし、それは一名のマット・ウィリーの見解にすぎない。かれの仲間も同じことを考えているとはいいきれない。

実際、施設内では、中央プラズマがパニックにおちいったと考えられるようなことが起こっていた。慌ただしいことが苦手なマット・ウィリーたちにとってはなおさらそう見えた。人類に変身することで数々のカオスを引きおこしてきた稀有《けう》なマット・ウィリーであるプンターナットにさえそう見えた。

惑星ドンガンの地表と地下の両方の施設のまわりに防御バリアが張られた。通常のバリアにつづいて非常用のバリアも構築され、施設は完全に封鎖された。いまは、だれひとり入ることも出ることもできない。

「もう大丈夫だ」プンターナットは新しい弟子に向かっていった。「プラズマは状況をコントロールしている。あとのことは、いま勤務中の者たちに任せればいい。しばらくは訪問者もこないだろう。だから、気がねなく最初の授業をはじめられるぞ。今日は剣もあることだし、フェンシングを教えてやろう」

ポスビはなにも答えない。プンターナットはいぶかしげに弟子を見つめた。

「聞いているのか？」とたずねた。

返事はない。

「オルフェウス、おまえに話しかけているんだ!」

それでもポスビは反応しない。まるで夢想する乙女の役を演じているかのようだ。激怒して跳ねまわるプンターナットを完全に無視している。

「電源を切ったのか?」

沈黙。

「いますぐ答えないなら、おまえを破門するぞ!」プンターナットはどなった。

そのとき、無言をつらぬいていたポスビが視覚センサーを伸ばしはじめた。その機械じかけの触覚器官はらせん状の管の内部を調査するためのものなのかもしれない。細くて柔軟に曲がるワイヤーは信じられないほど長い。その先についた目は周囲の全景をとらえようと卵形のボディのまわりを高速で回転している。そのせいでワイヤーが強引に引っぱられて伸びつづけていた。目が三十メートルほどボディから離れたところで、ワイヤーは伸びなくなる。すると、引っぱられたゴムバンドが瞬時に縮むような音につづいてメロディアスな振動音が鳴り、最後に破裂音が響きわたった。

プンターナットはその場に立ちつくして新弟子を見つめる。弟子は金属のミイラにも、巨大な糸巻きのようにも見える。驚くべき姿に変わりはてていた。

「まあ」ようやく言葉をとりもどしたプンターナットはいった。「確かに、インパクトのある技だったが、やりすぎはよくない。こんなのは高尚なフェンシングでは御法度《ごはっと》だ。

演劇でこの技を使っても、三流のコメディアンにしかなれないぞ。弟子よ、われわれは手品師ではない。テラの古典演劇の精神を守りつづける真摯な役者だ。さあ、もとの姿にもどって、わたしのレッスンに集中し……」

そのとき、そばを走りすぎる一名のマット・ウィリーが叫んだ。

「水道管をテストしろ！」

「テストずみだ」ポスビが何重にも絡まったワイヤーの隙間から声をあげた。「問題はない」

「おい！」プンターナットが怒っていった。「それはおまえがやることではない。勤務中の者たちの仕事だ。特に、中央プラズマの給水システムなんてものは、おまえとは関係がない」

ポスビはその言葉を無視し、必死で自作の繭《まゆ》から抜けだそうとする。だが、視覚センサーについた目が誤作動を起こして警報の原因を空中に探しつづけようとするため、ワイヤーの束はなかなかほどけない。しばらくして、ようやくポスビは適切な方法を見つけ、無事に視覚センサーを体内におさめることができた。ワイヤーから解放されたポスビは傷だらけだったが、プンターナットはそれを気にもとめなかった。

「さあ、よく聞け！」と、あらんかぎりの威厳を示していった。「まず、基本のかまえは……」

ロボットはぐらつきながら動きだすが、プンターナットが指示する練習をはじめようとはしない。

「どこにいくつもりだ?」プンターナットは、非常に厄介な者を弟子にしてしまったのではないかという疑念を抱きながらたずねた。

「どけ!」ポスビは金属音が入りまじった声でいった。ボディから金属を激しく叩く音が聞こえてくる。それは探求心旺盛な視覚センサーの目が必死に出口を探している音だった。

「いくな!」プンターナットは激怒して叫んだ。「これは命令だ!」

「きみに命令する権利はない」

「いや、ある! おまえはわたしの弟子だからだ。弟子は師匠にしたがうものだ。したがわないなら……」

ポスビが突進してくる。プンターナットは瞬時に身をひるがえしたが、完全にはよけきれなかったため強い衝撃を受けた。ポスビが体あたりした場所、もっと正確にいうと、飛来した場所に骨があったなら確実に折れていただろう。

「……わたしの手帳に書いてあるぞ」プンターナットは聞いてはもらえない言葉を最後までいうと、去っていくポスビのうしろ姿を見つめた。「ああ、いってしまった。これだからポスビはダメだ。規則も知らなければ、野心もない。芸術のすばらしさがわからないロボット集団だ！」

プンターナットは新しい弟子を失い、落胆した。悲しげに黒いミニ手帳をとりだすと、〝オルフェウス〟という名前に大きな黒いバツ印をつけた。けれども、すぐに考えなおして、バツ印を消した。なぜなら、オルフェウスは去っていったが、まだ存在しているからだ。しかもプンターナットはかれを嫌っていなかった。

「まあ、仕方がない」と、自分にいい聞かせた。「だれもが芸術家として厳しい試練に耐えられるわけじゃない。ポスビにとってフェンシングは難度が高かったのだろう。ましてや変身して演じるなんてことはむずかしすぎたにちがいない」

プンターナットは手帳をしまって周囲を見まわし、施設内がより慌ただしくなっていることに気づいた。すると心のなかに、この騒動に参加したいという欲求が芽生えた。とはいえ、それはかんたんなことではない。なぜなら、プンターナットはいまなにが起こっているのかをまったく理解していなかったからだ。

それを教えてくれそうな者を探すが、だれもが〝混乱を拡大すること〟に一生懸命で、耳を傾けてくれそうにない。遠くまで見わたしても、教えてくれそうな者は見あたらない。不忠なブリキ缶とも呼べる弟子の姿も見えない。オルフェウスはいまや走りまわるポスビの群れに、長く伸びた視覚センサーの先までとけこんでしまっていた。ポスビたちは母親ポスビから訪問を予告されたが、再実体化する場所を教えてもらえなかった息子のようにあわてふためいていた。

「じっとしてないで、手伝え！」と、とおりすぎる一名のマット・ウィリーが叫んだ。

「教えてくれ！」プンターナットは叫んだが、仲間の耳には届かなかった。

「問題がなんなのかだれも教えてくれないのに、どうやって手伝えというんだ？」と嘆いた。「なにが起きているんだ？　なにがあったんだ？」

途方に暮れてあたりを見まわす。ポスビとマット・ウィリーたちはドームの入口付近に群がっている。複数のドームのあいだに立つバラックふうの建物はどれも混雑していた。総動員された警備員と管理スタッフは脚や代替脚を動かして走りまわっている。それどころか施設に訪問中の数名のハルト人でさえ喧騒《けんそう》に巻きこまれていた。

ハルト人？

プンターナットは一瞬動きをとめたが、またすぐに動きはじめた。

いまハルト人は必要ないが、まったく観客がいないよりはマシかもしれないと思う。

そして、かれらがいる着陸床に向かって歩きだした。

＊

小型の宇宙船でやってきたハルト人たちは、ポスビがいっていたほど重要な訪問者のようには見えない。

着陸床がある保安エリアはつね日ごろから防御バリアでおおわれている。よって訪問者は、着陸したのが警報発令の前であれ、あとであれ、結局、自力ではそこから抜けだせなかったのだ。

ハルト人たちはいま困っているはずだ。

プンターナットはバリアの外側に立ち、気になる訪問者たちを見つめる。かれらがオルフェウスが話していた者たちだと思う。

訪問者は三名のハルト人と一体のロボット。ロボットは明らかにポスビだ。プンターナットは長年、多種多様なポスビと関わってきたため、その扱いには慣れているが、目の前のポスビは明らかにほかのポスビとちがっていた。それには理由があるように思えた。

なんと、そのポスビは不満をまき散らしていた。激しく動きまわり、何度もバリアに突進しては、無線に向かって叫び、罵倒している。

プンターナットは興味深くその声に耳を傾けた。これほど激怒したポスビに会ったことはこれまで一度もなかったからだ。しかも……

これはいったいどういうことだ？

プンターナットはない耳をそばだてた。

「外に出せ！　騎士の前でわたしに恥をかかせるとはなにごとだ！　わたしはこの騎士

のオービターだ。主人がどんな道を進もうとも、わたしには護衛する義務がある。主人のために道を拓《ひら》きつづけなければならないんだ。われわれをこんなところに閉じこめるなんてありえない！　きみたちはわたしの仲間だろう？　礼儀や礼遇というものを知らないのか？」

プンターナットはオービターについてはまったく知らなかったが、騎士という言葉を聞いて、それがなにかは大体想像できた。けれどもその一団のなかに、プンターナットが想像するような騎士の姿は見えない。

ハルト人が騎士だとでもいうのか？　ありえない！

だが、十数回は分解されたと思われる、おかしな形のポスビが、礼儀や礼遇という言葉を口にしたことは、どう解釈すればいいのか？

ポスビが礼儀や礼遇の意味を理解しているとは思えない。

それでも、プンターナットには、その一団が世話をすべき〝特別な〟訪問者であるように見えた。仮に、それがまちがいだとしても問題ではない。着陸床には明らかに一団のものとはちがう船が二隻ある。それらの船の乗員も同じように不満をつのらせ、解《げ》せないようすで事態を見守っていた。こうした状況下で、万が一、プンターナットがまちがった訪問者を選んだとしても、だれからも責められないだろう。あの嫉妬深いウェッゲルビルでさえ仕方ないと思うにちがいない。いまはそれ以上に重要なことがあるし、それに、まちがいはだれにでも起こりうることだからだ。

高貴な芸名に値《あた》いしない、裏切り者のポスビから詳細な情報を聞きだせなかったことは自分のせいだろうか？

たとえ聞きだせたとしても、自分やウェッゲルビル同様、ポスビも警報は予測できなかったため情報は持っていなかったにちがいない。

そのとき、別のマット・ウィリーがバリアに近づいてきたので、プンターナットは即座に懸念のすべてを頭から追いはらった。ようやく見つけた興味深い訪問者を、だれかに横どりされるわけにはいかない！

プンターナットは近づいてきたマット・ウィリーを追いこすと、すばやく人類に変身し、ゴムボールのように跳ねながらハルト人の一団に向かって手を振った。

「もう少しの辛抱だ！」と叫んだ。「すぐにそこから出してやる。わたしは中央プラズマから指名された、きみたちの世話役だ！」それは訪問者を助けるためというよりは、背後にいるマット・ウィリーを牽制《けんせい》するためにいった言葉だった。たとえ、そのマット・ウィリーがおかしなポスビと〝騎士〟を助けようとしている、あるいは、助ける任務をあたえられているとしても、中央プラズマからの指名ということで、それを阻止できると思ったからだ。

プンターナットは、時間を惜しんで仲間の反応をほとんど確認しなかった。〝後頭部〟についている有柄眼で後方を一瞥《いちべつ》するやいなや、管理室へ駆けこみ、待機する警備隊に罵声を浴びせかけた。しかし、ポスビの警備隊はそれを無視する。プンターナットは激怒した。

「これは中央プラズマからの命令だ！」と、着陸床まで聞こえるような大声で叫んだ。「かれらは重要な訪問者だ！　すぐに解放しろ！」

「警報が出ている」ポスビがその叫びに動じることなくいった。「最高レベルの警報だ。待つしかない」

視覚センサーで話し相手を見ることすらしない頑固なロボットに業《ごう》を煮やしたプンターナットは考えた。

自分は嘘つきではない。それは本当だ。想像力が豊かすぎて物事を大げさにいう癖はあるが、意図的に嘘をついたことは一度もない。少なくともそんな意図を持ったことは……ない。

ただ、頻繁に物事を誇張して話すだけだ。

「警報が発せられたさいに、中央プラズマからこの命令を受けとったんだ」プンターナットは控えめな口調でいった。「きみたちにも心あたりはあるだろう」

ポスビたちは反応しない。少なくとも、見た目にはそう見えた。

「中央プラズマは訪問者たちのことをすでに知っているようだ」プンターナットはつづ

ける。「かれらからの援助を期待しているはずだ。もし、訪問者を着陸床にとどめつづけて中央プラズマがあとでそれを知ったら、次のオイル交換は関節が錆《さ》びつくまで待たされることになるぞ！」

その言葉を聞いてポスビたちは考えをあらためた。プンターナットはかれらから視覚センサーを向けられてはじめて自分の意見が認められたことに気づく。

「だがそれは、中央プラズマがきみたちを即座に廃棄しなければの話だ」と、嫌味をつけくわえた。

どうやらポスビたちは独自の方法で意見交換をしているらしい。戦略会議を開いているようだが、異様に時間をかけていた。

「よし」と、ついに一ポスビがいった。「通路を開放する。ただし、その前に約束してくれ。すべての責任はきみがとる、と」

「なぜ、わたしが？」プンターナットは驚いてたずねた。

ポスビたちは黙って返事を待っている。

プンターナットは管理室の角から有柄眼を突きだすと、着陸床にいる訪問者たちを見た。みなとてもあせっている。おかしなポスビは正気を失いかけ、三名のハルト人はバリアに突進してもおかしくないほど激怒している。

プンターナットは、この怒れる訪問者たちを施設に招きいれることに不安を抱く。実は、これまでハルト人とはほとんど関わりを持ったことがなかった。オルフェウスに大口を叩いたのは演技にすぎなかった。黒い巨人たちに関する知識はほぼない。かれらのいまの心情を正しく把握できているかどうかすら確信が持てなかった。だからこそ、自分が訪問者たちの世話役として選ばれたことが信じられなかった。中央プラズマがそれを命令したとはとうてい思えない。そもそも、中央プラズマが規則や伝統を無視して、みずからの利益だけを追求してきた自分のような存在を知っていることすら疑わしかった。

それなら、ウェッゲルビルは？　ウェッゲルビルですら、自分のような者を重要な訪問者に接触させるような愚かなまねはしないだろう。いずれにせよ自分は嫌われているのだから。それでも、ウェッゲルビルの仕事は尊敬に値いする。あれほどまで職務に忠実なマット・ウィリーはこれまで見たことがなかった。

「約束しないのであれば、訪問者たちをここにとどめるしかない」警備隊のなかの一ポスビが口を開き、プンターナットの思考を停止させた。「われわれはきみの発言の真偽を確認し……」

「いや、それは必要ない！」プンターナットは即座にいった。「すべての責任はわたしがとる。これは非常に重要な任務なのだ。すぐに対処しなくてはならない」

ポスビたちは反論しなかった。

プンターナットは即座に管理室を出て、着陸床のバリアの前にいく。テラの古代の神《しん》使《し》に変身し、その姿を必死で維持した。それは管理室にいるポスビたちから詰問されるのを避けるためだった。

もちろん、警報発令時に中央プラズマがポスビたちの問い合わせに答える可能性は非常に低い。とはいえ、かれらが訪問者について中央プラズマにたずねれば、それはかならずウェッゲルビルのあのいびつな形をした耳にも届くはずだ。あのマット・ウィリーは冗談が理解できない。ポスビたちに自分の役割を誇張して伝えたことがばれてしまったら……

プンターナットはその想像を頭から追いはらった。そんな結果は望んでいない。それだけは絶対に避けたかった。

それでも、まわりの者たちをこれほどまで興奮させている、この刺激的な大演劇には、是が非でも出演したかった。ハルト人たちとおかしなポスビは知的で、上品な演技を披露してくれるにちがいない。

そうに決まっている。

ハルト人はつねに態度を状況に順応させる。ポスビは中央プラズマに危害を加えたりしない。そんなポスビは宇宙のどこにもいない。

少なくとも、プンターナットはそれを望んでいた。

3

最初にポスビが構造亀裂から飛びだしてきた。ロボットが弾丸のように側をとおりすぎたので、プンターナットは文字どおり目が飛びでるほど驚いた。

「もどれ！」と、プンターナットは恐怖にかられて叫んだ。「いますぐに！」

「心配するな」ポスビのあとを追ってバリアから出てきたハルト人のひとりが、興味深げにプンターナットを見ると、低い声でいった。「あいつはなにもしない。少し正気を失っているだけだ」

「聞こえていますよ！」バリアのまわりを一周し、ふたたび会話を聞きとれる場所にもどってきたポスビは文句をいった。「その発言、忘れませんからね。オービターのことをそんなふうにいうなんて？」

「黙れ！」ふたりめのハルト人が叱った。そのとき、三人めのハルト人がバリアから出てきた。

三名の巨人を見あげたプンターナットは突然、自分が非常に小さくて醜い存在に思えた。さらに、三名の漆黒の巨体からは不気味な音が響いている。それは怒った巨大生物の消化音を思わせる、不快な音だった。

「失礼」三名の巨人のうちのひとりが音を出すのをやめてあやまった。音をのみこみ、内臓の奥深くへ押しこめる。とはいえ、その音は体内の深いところで鳴りつづけている。優れた聴覚を持つプンターナットにはそれが聞こえていた。

その巨人はマット・ウィリーを上から下まで観察すると、ほかのふたりに合図を送った。ふたりもまた音をのみこむ。そして、生きた黒い塔のようにプンターナットをとり囲むようにして立つと、なめるように観察した。塔のなかではのみこまれた不快な音が体内で暴れているかのごとくこだましていた。

最初にバリアから出てきた巨人が小さな雷鳴のような音をたてて喉を鳴らす。その雷鳴を勢いよくのみこむと、プンターナットの顔をのぞきこんだ。

「ありがとう」といった。「おそらく、きみがわれわれを救いだしてくれたのだろう」

プンターナットは気持ちを落ちつけ、ハルト人はどんなに腹が減ってもマット・ウィリーを食べることはしないと自分にいい聞かせた。激怒しても、構造物を壊すだけだろう。たとえ衝動洗濯を起こしたとしても、建物のひとつを襲撃するくらいで、無実の小さな案内役を傷つけたりはしない。絶対に。お腹がすいたら少し暴《あば》れるだけだ、と。

「わたしがきみたちの世話役だ」プンターナットは勇気をふりしぼっていった。「見たい場所をいってもらえれば案内する」

「まず、この騒ぎがなんなのか教えてくれ！」先ほどから話しつづけているハルト人がいった。「なぜ警報が鳴っているんだ？」

「わからない」と、プンターナットは恐るおそる答え、それと同じ質問を自分に対してもっと早くすべきだったと後悔した。

「なら、われわれが調べてやる」ハルト人は力強くいった。「まず、どこにいけばいい？」

「あそこだ」と、プンターナットは即座に答えた。

ハルト人はすぐに歩きだし、ほかのふたりもついていく。ようやく、あの奇妙で不快な音はいっさい聞こえなくなった。プンターナットはそれを自分の手柄として喜んだが、すぐに巨人たちとおかしなポスビを〝不適切な場所〟に導いてしまったことに気づき、あわてた。

「待て！」と叫び、一行のあとを追って走りだす。しかし、つくりものの脚ではうまく走れない。急いでいるときに、テラナーが長い脚を使ってどうやって走るのかを知らなかったからだ。

速度を上げるために、テラナーの脚を使うのをやめ、下半身を円盤形に変える。それはすべてのマット・ウィリーが誕生以来、最速で走りたいときにとる方法だった。

プンターナットは下半身を変えたおかげでハルト人たちを追いこし、管理室の入口の前に立つことができた。

「とまれ！」と叫んだ。「もっといい場所がある！」

ハルト人たちは突然、壁にぶつかったかのように立ちどまった。ふたたび、からだから不快な音をたてはじめる。その音は小さくなるどころか、ますます大きくなっていった。そして、三名の巨人は口を大きく開けると、突然叫んだ。プンターナットは罵声を浴びせられたと思い、最悪の事態を覚悟した。

けれどもしばらくして、巨人たちが笑っていることに気づく。

実は、かれらはずっと笑いをこらえていた。不快な音の正体は押しころした笑い声だったのだ。それが明らかになると、プンターナットはかれらがなにを見て笑っているのかも理解した。

自分のからだを眺める。円盤形の下半身の上に、テラナーの上半身が乗っている。それだけではない。はずれた顎を持ちあげることを忘れていたのだ。

プンターナットはほかのマット・ウィリー同様、非常に打たれ強い。しかも、芸術のなかでもっともむずかしいことは人を笑わせることだと聞いたことがあった。よって、ショックを受けずにすんだ。だが、それは真実だろうか？　意図せずしてうまくいったことを成功と認めてもいいのか？　無意識に生じた滑稽さは、むしろ恥ではないか？

とはいえ、笑いのせいで、ハルト人たちは管理室にいって情報を集めようとしていたことを忘れていた。このチャンスを、プンターナットは利用しようと思う。管理室にもどり、詰問されることだけは避けたい。よって、三名の巨人たちが笑いおえると、すかさずおかしなポスビを指さした。ポスビは困惑しながら仲間が笑う姿を見つめていた。笑いの理由がわからないようだ。

「そのポスビなら」プンターナットはハルト人たちが管理室のことを思いだす前にいった。つくりものの手を巨人の仲間であるロボットに向けて伸ばす。「ドンガンのポスビたちの通信にアクセスして情報を集められるだろう」そして念のためにつけくわえた。「ただし、この管理室のポスビたちは着陸床の担当なので情報は持っていない」

そのとき、ハルト人のひとりが大きな口を開けて隙間なく並ぶ歯を見せたので、プンターナットは耳をひっこめた。罵声を浴びせかけられて、ただでさえもろい、つくりものの耳が変形するのをおそれたからだ。けれどもその巨人はプンターナットには見向きもせずにポスビを呼びよせた。

「こい、パンタロン。失敗作のオービター！」と命じた。

「なぜ失敗作なんです？」ロボットは怒って答えた。「わたしに問題はありませんよ。イホ・トロト、あなたこそわたしの期待にまったく応えない失敗作じゃないですか」

「わかったよ」トロトは非常に穏やかな口調でいった。「お願いだから、いまだけは従順なオービターになって、この施設でなにが起こっているのか教えてくれ」

「なぜ、わたしがそれを知っていると思うんですか？」パンタロンは不機嫌そうにたずねた。

「きみはドンガンのポスビたちの通信にアクセス可能だからだ」トロトは辛抱強く説得する。「この親切な友がさっき説明してくれただろう」

「そんなことわかっていますとも。だからこそ、そのマット・ウィリーの助言にしたがってみたんですが」パンタロンは妙に横柄な態度でいった。〝結局、意味はなかった〟といわんばかりの口調だ。「ポスビたちはなにも知りませんでした」

「いったい」別のハルト人が口をはさんだ。「それはどういう意味だ？」

「尊敬するドモ・ソクラトよ」パンタロンは堂々と答える。「わたしはなんでも率直にいうことを心がけています。だから、もう一度はっきりといいましょう。ここのポスビたちは警報が鳴らされた理由を知らないんです」

ハルト人たちはしばらく沈黙する。

「なら、自力で調べるしかないな」三人めのハルト人がいった。「この施設はわたしが案内します！」

この人物は施設のことをよく知っている、とプンターナットは思う。服装と言動から、惑星ハルパトに住むハルト人であることがわかる。いっぽう、ほかのふたりは明らかにそうではない。それに気づくと、プンターナットは興奮した。できることなら、その場でふたりを質問攻めにし、これまでのいきさつを知りたかった。しかし、ふたりはいま、そんな質問に答える気分ではなさそうだ。

よって、プンターナットは黙ってかれらのあとについていくことにする。質問できる機会はそのうち訪れるだろうから。

ハルパト在住のハルト人は、そこからもっとも近い、通信室がある建物に向かった。入口の前では、数名のマット・ウィリーとポスビが待機している。壁の透明な部分と扉の隙間からは、ロボット集団と建物の内部を異なる保安ゾーンに区分している、いくつもの防御バリアとエネルギー柵が見えた。

「いまはなかに入れない！」一ポスビがハルト人に向かっていった。質問される前にその理由を説明する。「中央プラズマとの通信が途絶えているからだ」

その言葉はプンターナットだけでなく、全員にとって恐ろしいものだった。ハルト人たちは驚きの表情でポスビを見つめた。

「わたしはテンクオ・ダラブだ」ハルパト在住のハルト人が厳しい口調でいった。「ただちに説明を求める」

「きみに要求をする権利はない」ポスビは無遠慮にテンクオ・ダラブの言葉をさえぎった。「ハルト人の実験が中央プラズマを危機に追いこんだのだ。ほかに原因は考えられない」

「そんなバカな！」テンクオ・ダラブは反論したが、明らかに困惑している。

「去れ！」ポスビはその困惑を察したのか、強く命じた。「われわれが状況を把握するまでは静かにしていろ」

それはいってはいけない言葉だった。しかし、そんなことがポスビにわかるはずはない。ロボットに応用心理学の知識はないのだから。

「もし、これがわれわれのせいなら、責任はとる」テンクオ・ダラブは大声でいった。その声があまりにも大きかったので、マット・ウィリーたちはまるで雷鳴でも聞いたかのように身をすくめ、ポスビたちはあわてて聴覚センサーの感度をさげた。もちろん、それは外から見ている者にはわからなかった。

「どうしますか？」テンクオ・ダラブはふたりのハルト人にたずねた。「ここで物乞いのように待つつもりですか？」

「別の建物にいってみるのもいいかも」パンタロンが慎重に提案する。

プンターナットはその意見に賛成だったが、ハルト人との衝突を避けるために口には出さなかった。

「それは意味がない」イホ・トロトという名のハルト人は独特の穏やかな口調でパンタロンにいった。「どの建物のポスビもわれわれを拒絶するだろう。ここでなかに入ることを許されなければ、どこにいっても同じだ」

「ならば」テンクオ・ダラブはすごみのある声でそういうと、四足走行をするときのように前かがみになった。「道を開けろ、さもなければ……」

ほかのふたりも戦闘ポーズをとる。マット・ウィリーたちはあわてて退いた。プンターナットは巨人たちのそばから一歩も離れられなかったが、本当は恐怖におののいていた。ポスビたちも脇にどく。ドンガンに住む者はみな、怒ったハルト人がどれほど危険かを知っているからだ。けれども、さっきまで話をしていた大きくて強そうなポスビだけは立ち位置から離れない。

プンターナットはそのポスビを見つめ、攻撃するのは賢明ではないと思う。そもそも、これは暴力で解決できる問題ではない。ハルト人たちもそれは理解しているはずだ。かれらがどれほど暴れようと、数多くある防御バリアを突破することは不可能なのだから。

プンターナットは気合いを入れなおした。マット・ウィリーはみな生まれつき慎重で臆病で、争いを避けたがる傾向がある。だが、訪問者たちの世話役を買ってでた以上、そんなことをいっている場合ではない。一度役を引きうけたら、これまで同様、最後まで演じとおさなくてはならないのだ。

「ちょっと待て」と、プンターナットは勇気を出していった。「まずは話しあうべきだ。解決策が見つかるかもしれない」

「話しあうことなんてない！」見張り役のポスビはきっぱりといった。

プンターナットは、そのポスビの首をねじまげてやりたかったが、残念ながら首はなかった。

「テンクオ・ダラブという名は何度か聞いたことがある」と、ない勇気をふりしぼって話しつづけた。本当は、いますぐに掘削リングを使って、バレエダンサーのようにつま先立ちで回転しながら地中に潜りこみたい気分だった。

そして、テンクオ・ダラブに向かっていった。

「きみなら、ハルト人がおこなっている実験とその付随現象について詳しく知っているはずだ」

「もちろん知っている！」ハルパトのハルト人はしわがれ声でいった。

プンターナットはひそかに安堵した。実は、テンクオ・ダラブとほかのふたりの役割についても、ハルト人の実験についてもまったく知らなかったからだ。ぜんぶあてずっぽうでいったことだった。いわゆる〝即興〟を演じたのだ。ふと、テラの遊びである〝ロシアンルーレット〟のことを思いだす。それが具体的にどんな遊びなのかはこれまでわからなかったが、いまようやく、わかりかけた気がする。それは自分がいまやっていることと同じようなものにちがいなかった。

プンターナットはふたたび気合いを入れなおして、これこそが長年夢見てきた大冒険なのだと自分にいい聞かせた。

「これでわかったか」と、頑固なポスビに向かっていった。「さあ、なかに入れろ」

「いやだ！」

「いやでも、そうするしかない。そのほうが確実に理にかなっている」プンターナットは説得する。「テンクオ・ダラブなら、このような状況下でも中央プラズマを救うことができるかもしれない」

「この問題は、われわれポスビが解決する」ロボットは断言した。「外部の助けは必要ない」

「それは本当か？」プンターナットは穏やかな口調でたずねた。「警報が出てからもうかなりの時間がたったが、きみたちが解決策を見いだしたようには思えない」

「きみにはわからないだけだ」

「そうかな？　解決策が見つかったのなら、その成果はすぐにあらわれるはずなのでは？」

「確かにそうだ」

「なぜ警報は解除されないんだ？」

ポスビは黙りこんだ。おそらく建物のなかにいる仲間たちとコンタクトをとっているのだろう。

プンターナットはようやくハルト人たちが怒っている振りをしていただけだったことに気づき、安堵する。かれらは目下、心穏やかに交渉の結果を待っていた。

「わかった」ポスビはふたたび口を開くと、しぶしぶ脇にどいた。「テンクオ・ダラブだけなかに入ってもいい」

「それではダメだ！」テンクオ・ダラブが叫んだ。「全員でないと。イホ・トロト、ドモ・ソクラト、パンタロン、それにこのマット・ウィリーもいっしょに入る。それができないなら、協力はしない」

　ポスビは身をこわばらせた。

「協力はしない……？」とたずねた。

「仲間なしでは、一歩たりとも先に進まない！」テンクオ・ダラブはしわがれ声でいった。「きみたちがどんな手段を講じようとも！」

「でも……」

「じゃまをするな！」テンクオ・ダラブは叫んだ。「この頑固な鉄の塊りめ。そこをどかないと蹴とばしてやるぞ」

「わたしは……」

　ハルト人たちが前進し、パンタロンとプンターナットもそれにつづく。見張りのポスビは退き、防護柵は開かれた。五名は即座に建物に突入した。

「一件落着！」テンクオ・ダラブはなかに入ると笑った。「プンターナット、きみもなかなかやるなあ。さあ、これで、ポスビたちがこんなかんたんにだまされるほどパニックにおちいっている理由がわかるぞ！」

かんたんに？　唖然としてプンターナットは思った。これは夢なのか？　あれがかんたんなことだって？　それが本当なら、むずかしいことは想像もできないものにちがいない。

4

戸外にいるポスビの十分の一は冷静に見えたが、建物のなかにいるポスビはみな明らかに混乱していた。外から見てもわかるほどとまどっている。

「このままでは中央プラズマを助けられない」と、イホ・トロトがいった。「いったい、なにが起こったんだ？　こんなにあわてふためいているポスビは見たことがない！」

「自由に使える通信室を探しましょう」テンクオ・ダラブが提案する。「通信室からなら中央プラズマに直接質問できる。問題の原因は中央プラズマがもっともよく知っているはず」

「それはもう調べました」パンタロンが口をはさむ。「自由に使える通信室はありません！」

「ありえない！」テンクオ・ダラブが語気を強めていう。「中央プラズマは何十名もの相手と同時に会話することができる。この施設には、いま少数のハルト人しかいない。通信室のいくつかは使用されていないはずだ」

「わたしが集めた情報によると、通信室はすべて使用中です」パンタロンはいい張る。

「情報がまちがっているにちがいない。一部の通信室は単に閉鎖されているだけだと思う。閉鎖されているなら開放すればいい。この先は、わたしが誘導する。ここのことは知りつくしているから」

テンクオ・ダラブはゆっくりと歩きはじめる。混乱しているポスビたちはかれらを見ると脇にどくが、習慣として他者に道を譲っているだけで、なんの疑念も抱いていないようだ。ハルト人三名とその仲間を不審に思う者はいない。建物のなかにいる者たちは入口にいる者たちに警備のすべてを任せているように見える。みな中央プラズマの問題に対処することで精一杯なのだ。

テンクオ・ダラブはこの建物を知りつくしているわけではないが、通常、一般公開されているエリアの建物はどれも決まった設計でつくられているため迷うことはない。

本当はプンターナットも建物のなかを案内できたが、いまはそれが必要とされていないことを喜んでいた。いろいろなことが起こりすぎて気が動転していたからだ。建物への進入を可能にしたのは自分でありながら、うまくいったことをだれよりも驚いていた。ハルト人の陰に隠れて事態を見守っていた。そのあいだに、劣等感に苦しんだことなどこれまでないのに、もしかしたら自分の能力を過小評価しつづけてきたのかもしれないと反省していた。

一行は最初に突きあたった扉の前で立ちどまり、周囲を見まわす。エントランス・ホールほどの混乱は見られないが、そこでもポスビたちが嵐の到来を察知した小動物のように走りまわっていた。そのとき、一名のポスビが立ちどまった。

「いま、そこに入ってはいけない！」と、一行に向かって叫んだ。「中央プラズマをじゃましてはいけない！」

「少し状況確認しているだけだ」テンクオ・ダラブが答えた。

ポスビは納得したのか、そのまま急いで立ちさった。こんな状況下で、嘘をつかれるとは考えていなかったようだ。

「わたしの援護を」テンクオ・ダラブは仲間たちに向かってささやいた。その声は十メートル先では聞きとれないほど小さかった。

数秒後、扉が静かに開き、一行はなかに入った。ハルト人のひとりが扉を閉じた。

＊

プンターナットの心は揺れていた。勇気ある行動に出た自分を誇りに思ういっぽうで、その代償を恐れてもいた。自分がこの一団の世話役に指名されたことをより強く疑うようになっていた。もし、それが事実だとしても、目的はかれらを通信室に連れていくことではなかったはずだ。ましてや、そこに侵入するなんてことは論外にちがいない。

とんでもないことに関わってしまった。けれども、こうした混乱の最中では、どんな失態もしばらくは大目《おおめ》に見てもらえるだろう。最悪の場合でも、言いわけくらいはできるかもしれない。

だが、これは……

感情に流されて、訪問者たちを助けすぎた。そのせいで困った事態におちいってしまった。いまさら逃げだすことはできない。悪事は記録され、あばかれるだろう。立ち入り禁止の通信室が監視されていないわけがない。プンターナットにはだれかに見られているという確信があった。

それでもまだ、抜け道はあるような気もしていた。なぜなら、いま中央プラズマとコンタクトをとったところで、返事がくるはずはないからだ。それは絶対にありえない。中央プラズマは目下、ハルト人と話をしている場合ではない。的はずれな話など論外だろう。

それにもかかわらず、プンターナットは心のどこかで、ハルト人が問題の解決策を知っていることを願っていた。問題がなんであれ、かれらが中央プラズマを助け、この混乱を鎮められれば、自分は英雄として称えられるだろう。そうなれば、罪をとがめられることもないにちがいない。

だが、もし……

そうならなかったら?

そのとき、目の前のスクリーンが明転した。

プンターナットは生まれてからずっとこの施設で暮らしてきたが、中央プラズマを見たことは一度もなかった。中央プラズマは外界から遮断された巨大な金属ドームのなかにある。おそらく、数名のポスビしかドームへの進入は許されていない。マット・ウィリーのなかにもそれを許可されている者がいるかもしれないが、そんな仲間にはまだ会ったことがなかった。

実は、プンターナットはこれまでドームに進入できないことに疑問を持ったこともなければ、その中身について知りたいと思ったこともない。それだけでなく、自分がポウモア島に住んでいる理由も、その任務さえ理解していなかった。そもそも、現実的なことに対して関心がなかったのだ。

これまでの人生はまさに演劇だった。プンターナットは自分が主演を務める魅力的な大演劇にのめりこんでいたといっていい。演劇と関係がないことはすべて無意味なものと見なしてきた。仲間からもっと重要なことにとりくむようにと注意されても、演技をつづけていた。なぜなら、自分の芸術的野心にしたがうことこそがもっとも重要だと考えていたからだ。それ以外のものは価値がないように思えた。

しかし、プンターナットはそんな生活をつづけていても好奇心だけは失っていなかった。

中央プラズマを見たこともなければ、その姿を想像したこともないとはいえ、いざそれが目の前にあらわれるとなると興奮をおさえきれなかった。

スクリーンに釘づけになる。

しかし、次の瞬間、がっかりした。スクリーンにうつったのがポスビだったからだ。中央プラズマとコンタクトをとるというテンクオ・ダラブの試みはどうやら失敗したようだ。それは予想どおりの結果でもあった。

しばらくして、画面のなかのポスビはハルト人の声でいった。

「わたしを救えるというのなら、きみたちを歓迎する」

その言葉を聞いたプンターナットはすぐに、中央プラズマが自分の存在を明示するためにポスビに変身したのだと思う。

けれども、わざわざポスビに変身した理由は理解できなかった。もっと別の存在に変身することもできたはずだ。中央プラズマが無数にある選択肢を知らないわけがない。

もしかしたら、とプンターナットは考える。これは単なる礼儀作法なのかもしれない。中央プラズマはハルト人からコンタクトがあるとは予測していなかったはずだ。ポスビと話すつもりだったので、そんな姿をしていたのだ。まもなく、プラズマは自分の誤りに気づいて、ハルト人に変身しなおすにちがいない。

けれども、中央プラズマは姿を変えなかった。すべきことが多すぎて余裕がなかったか、プンターナットの推測が見当ちがいだったのかもしれない。そもそも、偉大な中央プラズマがマット・ウィリーと同じ意図を持って変身すると考えること自体が的はずれだろう。

スクリーンには全長二メートル、横幅一・五メートルのポスビがうつしだされている。形はいびつで、角や突起やくぼみがあるが、表面は金色に輝いている。センサーはぜんぶで十個あり、そのうちの六つは視覚用、四つは聴覚用だ。それらはすべて半メートルほど延長できる長い柄の先についていた。

だが、実際のところ、虚像でしかないポスビにセンサーは必要ない。中央プラズマは通信室内のより優れた知覚装置を使うことができるからだ。センサーを身につけていること自体ありえない。さらに奇妙なのは、ポスビの〝からだ〟の中央にある口だ。その口は銀色に輝く偽物の唇に囲まれ、柔軟に動いていた。

プンターナットは映像を見つづけるうちに、中央プラズマがセンサーと〝唇〟を使って表情をつくり、話し相手の発言を聞きながら自分の気持ちを表現していることに気づく。

それはまちがいなく相手に対する配慮であり、好意だったが、プンターナットにはその方法が適切ではないように思えた。気持ちを伝えたいだけなら、相手の種族の表現方法に合わせるほうがはるかにかんたんで効率がいいからだ。三種族を話し相手にしているだけなので、それはむずかしいことではないだろう。

結局、中央プラズマが選んだ方法は、ハルト人にも、ポスビにも、マット・ウィリーにも適切ではなかった。というのも、三種族はまったく異なる表現形式をとっているから。よって、画面にうつる偽のポスビの表情はだれからも理解されなかった。ドンガンを訪れる種族がこれ以上増えれば、中央プラズマは対応しきれなくなり、状況はさらに悪化するだろう。プンターナットはその懸念を頭から追いはらった。

でも、目の前の画像だけを見て、中央プラズマには知性がたりないと判断することは早合点だとプンターナットは思う。状況が変われば、中央プラズマはまったく異なる方法で自己表現するかもしれない。現状だけを見てすべてを判断すべきではない。そう考えなおして、プンターナットは中央プラズマの現状と行動を受けいれようとしたが、心に浮かんだ疑念は晴れなかった。

そのとき、テンクオ・ダラブが口を開き、プンターナットは考えるのをやめた。

＊

「警報が発せられて」テンクオ・ダラブが説明する。「われわれは最初、施設に入ることができなかった。ようやく入っても、ポスビたちに妨害されて通信室に入ることさえむずかしかった。ここでなにが起こったのかたずねても、だれも答えてくれない。だから、あなたにたずねたい。いったい、なにが起こったのか？」

中央プラズマは慎重に質問の答えを探す。それ自体がすでに不吉な前兆のように見えた。中央プラズマがその答えを知らないわけがない。

「申しわけない」中央プラズマはしばらくして口を開いた。「それは、わたしにもわからない」

中央プラズマはハルト人の力強い声をまねようとするが、弱々しい声しか出せない。画面にうつるポスビの似姿はセンサーを垂らし、よりいっそう弱々しく見えた。

「〝だれ〟が警報を発したんだ？」イホ・トロトがたずねた。

「わたしだ」と中央プラズマ。

「あなたなら理由もなく警報を発したりしないだろう」とトロト。

「そのとおりだ」

「なら、その理由を説明してくれ」

「気分が悪いんだ」

「それはなぜだ？」

「言葉で説明できるものなら、それは気分ではない」と、中央プラズマは答えた。プンターナットはその声から皮肉を感じとる。

「それはどういう気分なんだ？」トロトは質問をつづける。

画面上のポスビは動揺し、疲れているような態度を見せる。

「それを説明するのがむずかしいといっているのだ。どこか違和感があるとしかいえない」

「そこをもう少し詳しく説明してくれ」トロトが懇願する。「病気なのか？」

「そうだ！」中央プラズマは納得したようにいった。「たぶん、そうだ。わたしは病気だ。理由もなく疲れている。なにもやる気がしない。力がどんどん失われていく。それが恐いのだ」

「それはつらいな」とトロト。「そのことをポスビたちに伝えたのか？」

「伝えたが、ポスビたちには理解できないようだ」中央プラズマは苦しげに答えた。

「かれらが理解できないことは、あなたの問題とは関係がない」ハルト人は諭すようにいった。「ポスビたちはなにをした？　調査はおこなったのか？」

それを聞いたプンターナットは高さ二百メートルの半球形ドーム八十個におさまる巨大存在を調査することを想像して、目眩《めまい》を覚える。そして自問した。なぜ、いままで、自分はこの巨大存在について考えたことがなかったのか？

「調査したが、原因はわからなかった」と中央プラズマ。「試料を採取し、侵入した可能性のある病原体を探したが、見つからなかった」

「どうやって病原体が侵入するというのか？」トロトがすかさずたずねた。「あなたは外界から隔離されているはずだ」

「供給管に穴が開いているのかもしれない」中央プラズマはとまどいをあらわにして答えた。

「供給管の点検はおこなったのか？」

「もちろんだ。だが、本当は点検など必要なかった。穴があれば、それができた瞬間にわかったはずだ。システム全体はつねに監視されている。すべての計測器は正常な数値を示しつづけている」

プンターナットは、計測器と監視ステーションの数を想像する。数千はあると思う。なぜなら、二万五千名のポスビと同数のマット・ウィリーがこの施設で働いていると聞いたことがあったからだ。もちろん、かれらは二十四時間つねに働いているわけではない。交代制で勤務している。しかし、プンターナット同様、労働者のなかには中央プラズマの健康維持に貢献していない者もいる。とはいえ、そうした者は例外中の例外であることをプンターナットは知っていた。そのせいでウェッゲルビルから繰りかえし叱られてきたのだから。

そのとき、プンターナットは生まれてはじめてウェッゲルビルの気持ちを理解し、少しだけ罪悪感を覚えた。けれども、それは無意味な罪悪感だった。たとえプンターナットが改心して任務に専念していたとしても、この問題は起こっただろう。中央プラズマが窮地におちいったことは自分の責任ではない。少なくとも、そう願っていた。

「システム以外に関する数値はどうなっているんだ?」トロトは根気よく質問をつづける。「あなたは特定の生活環境を維持しないと生きられないと聞いている」

「生活環境についても、異状は見られないようだ」中央プラズマは自信なげに答えた。

「不安があるようだが」トロトが指摘する。「それはなぜだ?」

「わからない」

「ポスビたちの調査結果を信用していないのか? 本当のことをいってくれ」

「ポスビはまちがいを犯さない」中央プラズマは断言する。「かれらのうちのだれかが破壊工作をくわだてたと考えるのは見当ちがいだ。みなまじめに仕事をしている。あるかないかもわからない問題の原因を必死に探してくれている。数値は正しい。それを信じるしかない」

「それでも、疑念がわいてくるのだな?」

「もしすべてが正常なら、こんなにぐあいが悪いはずがない。急速に衰弱しているのは事実だ。だが、その理由を解明できないでいる。だからこそ不安なのだ。この状態がつづけば、わたしは死んでしまうかもしれない」

プンターナットは驚きのあまり、変身と変装を解除した。ありのままの姿をさらけだすことは日常生活でも、睡眠時でも断固として避けてきたが、このときばかりはマット・ウィリーのもとの姿にもどった。

「死んでしまうだって！」と叫んだ。「そんなことは許されない！」

「わたしだって死にたくはない」中央プラズマが明言する。「その思いは強い。だが、死を回避する方法がわからないのだ。ポスビたちはすでに一時間以上も原因を探しているが、手がかりはひとつも見つかっていない」

「マット・ウィリーたちはどうだ？　かれらも調査に協力しているのか？」トロトがたずねた。

「もちろんだ。ただし、協力しているのは調査ができる者だけだ。かれらの多くはこうしたむずかしい仕事には適していない。つまり、得意ではないのだ」

「それはちがう！」プンターナットは大声で反論した。

「黙れ！」トロトが叱った。「中央プラズマは、きみたちの長所も短所も把握している。仕事の分担をまちがえることはない」

しばし沈黙するハルト人の姿を見て、プンターナットは身をすくめた。こんなにきつく叱られたことは生涯初だったので、深く傷ついた。反発したい衝動にかられたが、思いとどまった。

なぜ、今まで教わったことがないことを、わたしが得意ではないといえるのか？　プンターナットは思考のなかだけで中央プラズマに問いかけた。技術的なことに詳しいポスビだけを採用し、マット・ウィリーには任務をあたえないなんて。

そうはいっても、自分は一度もポスビたちの仕事を学ぼうとしなかった。それどころかマット・ウィリーの義務を果たすことすらしなかった。ただ、テラの古典演劇と先祖の偉業に関する、ごくわずかな資料の研究に没頭し、テラナーの外見と行動をまねする技術を磨いてきただけだった。よって、いまさら仲間たちのために声をあげる権利は自分にはない。それどころか、この場にいる資格すらない。

ましてや、中央プラズマに反論するなんてもってのほかだ。

「ハルト人は」トロトがふたたび口を開いた。「あなたが生成しているインパルスのプシオン成分を利用するための実験をおこなっている。外にいる一ポスビは、その実験がこの問題の原因ではないかと疑っていた。それについては、どう思うのか？」

「問題の原因が明らかにされないかぎり、どんな可能性も排除できない」中央プラズマはぎこちない返事をした。「ハルト人の実験もその可能性のひとつだ。だが、それがわたしにどう影響しているかを把握するのがむずかしい」

「影響はまったくない」と、テンクオ・ダラブは怒りといらだちをあらわにしていった。

ネガティヴな感情を隠すつもりはまったくないようだ。

プンターナットはその発言に対して憤《いきどお》りを覚えた。ハルト人がこんなにも傲慢だとは思ってもみなかったからだ。

トロトも同じように感じたようだ。テンクオ・ダラブをにらみつけた。しかし、先ほどはマット・ウィリーを容赦なく叱ったのに、テンクオ・ダラブにはそれをしなかった。

「それこそが目下、わたしを悩ませている問題のひとつなのだ」と、中央プラズマはいった。その声があまりにも弱々しかったので、プンターナットの怒りはすぐにおさまった。中央プラズマに対する心配が、ほかの思いをかき消したからだ。プンターナットは不安に襲われる。

「もう少し詳しく説明してくれないか？」中央プラズマが黙ったままなので、トロトは穏やかな口調でたずねた。

「ハルト人について悩んでいる」巨大な知的存在はためらいがちにゆっくりといった。

「ドンガンには少数のハルト人がいる。もちろん、この施設にも。かれらも多大な不安を抱えているが、自分たちの実験がわたしの状態悪化の原因かもしれないとは考えない。もちろん、それについての調査はしてくれているが、真剣にはやっていないようだ」

「そんなことはない！」テンクオ・ダラブがどなった。

「すまないが、反論させてもらう」中央プラズマが話をつづける。「これは事実だからだ。ハルト人は自分たちの実験がわたしに害をおよぼしうるかどうかを調査せずに、害をおよぼしえないことを証明しようとしている。そんなことで正しい結果が得られるはずがない。ありえないことを証明しようとする者は、ありうることを否定しようとしているので、結局はなにも見つけられないだろう。そうしたハルト人のかたよった考えこそが状況を悪化させているのだ」

プンターナットは、テンクオ・ダラブが激しく抗議しようと身がまえたことに気づくと、こぶしを握りしめた。結局のところ、このハルト人はこれまでのやり方に執着しているだけなのだ。

トロトがテンクオ・ダラブよりも先に口を開く。プンターナットはそれに感謝した。トロトは、テンクオ・ダラブよりもはるかに冷静で、話しやすい人物のように見える。ハルト人はみな同じ性格だと思っていたが、そうではないようだ。

「わたしには、まだあなたがすべてを話していないように見える」トロトはゆっくりと話す。「なにかを疑っているようだ。それは、われわれがおこなっている実験と関係があるらしい」

中央プラズマは沈黙する。

「そうなのか？」トロトが確認する。

「そうだ」中央プラズマは認めた。でも、本当は認めたくなかったのかもしれない、とプンターナットは思う。「それを説明するのはむずかしい。バカげていると思われかねないから」

「それでもいいから、話してくれ」トロトは頼んだ。

「異質な存在がいる気がする」中央プラズマは自信なげにいった。「だが、そんなことがありうるとは思えない。異質な存在がいるというのなら、どうやって、それはわたしの生活領域に侵入したのか？」

「ありうると思えないものは存在しないも同然だ」トロトはつぶやいた。「少しずつ問題の核心が見えてきた。だが、ポスビにはこうした難解な謎を解く能力はない」

三名のハルト人はすばやく視線を交わした。プンターナットはそれに気づいたが、かれらが考えていることまでは理解できない。いずれにせよ、三名は悩んでいるように見えた。

中央プラズマは返事を待っていた。プンターナットも待っていたが、異様に緊張していた。

「提案がある」トロトがついに口を開いた。「わたしはハルト人だが惑星ハルパトではなく、銀河系からやってきた」

プンターナットは突然の告白に驚き、一メートルほど跳びあがった。けれども、だれもそれに気づかず、トロトも話しつづけたため、発言はひかえた。

「ドモ・ソクラトはわたしと同様、ハルト人の実験を公平な目で見ている。いっぽう、テンクオ・ダラブは豊富な知識を持っている。ここにいるポスビとマット・ウィリーも仲間だ。全員で調査に加わらせてくれ。みんなで力を合わせれば、問題を解決できるかもしれない」

中央プラズマは考える。

「いいだろう」といった。「だが、いますぐに調査をはじめてくれ。わたしにはもう時間が残されていないかもしれないから」

その声があまりにも悲しく、絶望的に聞こえたので、プンターナットは胸が張りさけそうになる。

そして、全力で調査にとりくむと決意した。昔から英雄の役が好きだった。それは無意識に勇気や自己犠牲の精神を求めていたからかもしれない。中央プラズマの救い手になった自分を想像すると誇りを感じた。

ウェッゲルビルがこのことを知ったら、嫉妬して激怒するかもしれない。

わたしは立派なマット・ウィリーになる！　と、プンターナットは心に誓った。中央プラズマが望む、最高のマット・ウィリーに。たとえ、そのせいで命を捨てることになっても！

そして、先にいってしまったほかの者たちを必死で追いかけた。夢想にふけっていて、ハルト人と中央プラズマの会話を最後まで聞いていなかったのだ。

5

プンターナットは夢想しているあいだに重要なことを聞きのがしたにちがいない。イホ・トロトとその仲間たちは明確な目標に向かって進んでいるように見える。もちろん、その情報は中央プラズマから得たものにちがいなかった。

自業自得だ。プンターナットは心のなかで自分を叱った。もっと気を引きしめないと、英雄になんかなれないぞ。

一行は通信室を出て、建物の奥にたどり着いた。そこはポスビ専用のエリアで、いたるところに奇妙な装置が置かれている。ポスビたちは興奮して動きまわり、すべてが慌ただしい。

一体のロボットが近よってきて、三名のハルト人とパンタロンとマット・ウィリーのからだに小さなプレートを貼りつけた。

「認識票だ」と、金属がきしむような声で説明すると、大急ぎで去っていった。

プンターナットは不安げにハルト人たちを見たが、かれらはロボットの奇行を気にすることなく、認識票を貼りつけたままにしている。

「そこのポスビ、こっちへこい！」イホ・トロトが騒がしい集団のなかから一名のポスビを呼びよせ、命じた。「地下へのいき方を教えろ！」

ポスビはためらうことなく命令にしたがった。通常、ポスビはハルト人の要求を無視したり、難癖をつけたりするものだが、認識票を貼りつけたままにしていたので、いうことを聞いてくれたのだとプンターナットは思う。

「こっちだ！」ポスビは低いがよく響く声でそういうと、一行を誘導する。

プンターナットは、ポスビの案内がなくては先に進めないことに気づく。なぜなら、かれらはこの専用エリアを自由につくりかえることができるからだ。よって、ポスビ以外の者には部屋の配置はわからない。どの壁も湾曲し、通廊は子供が描いた道のように複雑だ。ポスビの助けがなければ、右も左もまったくわからないにちがいない。

しばらくして、施設の地下に通じる反重力シャフトにたどり着いた。地下エリアは地上からは想像もできないほど広い。六十階建てで、その深さは四百メートル近くある。施設全体の供給システムとさまざまな設備がそこに集約されていた。

「なぜ、地下にいくんですか？」パンタロンがたずねた。「中央プラズマがあるドームを調査したほうがいいのでは？」

「夢想して、大事なことを聞きのがしていたのはプンターナットだけじゃなかったのか」トロトは皮肉をこめていった。

プンターナットは仰天し、すぐに自分が人類でなくてよかったと思う。もし人類だったなら、いまごろ熟れすぎたトマトのように真っ赤になっていただろう。

「中央プラズマは」地下エリアに向かいながらトロトがいった。「原因がなんであれ、地下の供給システムから悪影響を受けているといっていた。だから、現場で調査するんだ」

「なら、ドームは？」パンタロンが食いさがる。

「ドームはバリアで完全に封鎖されている。進入は不可能だ」

「それは地下エリアも同じです」パンタロンが反論する。「あなたも知ってのとおり、わたしは探知機能を有している。だから、このエリアのすべてを把握しています」

「黙れ！」トロトはどなった。「きみになにがわかるというんだ？」

「あなたよりはわかりますよ！」パンタロンは反発する。「なんたってわたしはポスビですから」

「それがどうした？」

「ここはポスビがつくった施設です。だから、この施設の構造は完璧にわかる。目隠しされたって迷うことはありません」

「わたしは探知機能には頼りたくない」と、トロトは冷静にいった。「だから、われわれがきみの言葉を鵜呑《うの》みにしないよう注意してくれ！」

パンタロンは無言で、ほかの者たちよりも速くシャフトをくだっていった。自分の能力が認められなかったので気を悪くしたらしい。

数秒後、一行は目的地に到達した。シャフトを抜けだしてフロアにでた。

「おい、自称オービター！」トロトは、はるか先を歩いているパンタロンに向かって叫んだ。「どこにいくつもりだ？　ここが目的地だぞ！」

「ポスビは中央プラズマのおかしな発言にしたがうことはできないんですよ」と、パンタロンは文句をいいながら数秒でもどってきた。そしてつけくわえた。「ですが、あなたたちよりも先に周囲を確認しておいても損はないはず」

「もちろんだ」イホ・トロトが穏やかな口調でいった。「だが、これからはわれわれの側にいて、自分勝手な行動は慎んでくれ。ここでは大勢のポスビが調査をしている。みな非常に神経質になっている。スクラップになったきみを処理する羽目になって貴重な時間を失いたくないんだ」

「ポスビたちはわたしを攻撃しませんよ！」パンタロンは怒って叫んだ。「なぜなら同じ種族だから！」

「かれらにとって同じ種族かどうかは問題ではない」ドモ・ソクラトが語気を強めていった。「きみは部外者だ。それはもう見ぬかれている」

「ここが故郷だと感じるんです」パンタロンは意地になっていいかえす。「ここが自分の世界だ、と」

「そんなふうに認識票を隠していれば、いつ攻撃されてもおかしくはないぞ」テンクオ・ダラブが注意する。「そのプレートが見えなければ、ポスビたちは銃できみを古びたブリキ缶みたいに撃ちぬくだろう」

それを聞いてパンタロンはあわてた。というのも、かれの認識票はなぜかボディの脇に追いやられ、部品の下に隠れてしまっていたからだ。それを見ていたプンターナットは即座に自分の認識票を確認し、安堵のため息をついた。それはまだはっきりと見える位置にあった。しかし、認識票が皮膚のしわのなかに入りこんでしまう恐れはある。自分のような変身癖のあるマット・ウィリーはよりいっそう気をつける必要があった。

それにしても、ポスビたちは本当にハルト人がいうほど攻撃的になるだろうか？　プンターナットはふと考えた。英雄になる前に惨殺されることを想像すると、恐ろしくなってからだが硬直し、有機部の掘削リングが痙攣《けいれん》した。

だが、殺されるのはいまじゃない！　パニックになりかけたプンターナットはそう自分にいい聞かせた。けれども動揺をおさえることはできない。そのいっぽうで、動揺をおさえようと努力している自分を誇りにも感じていた。マット・ウィリーでありながら英雄であろうとすることは決して容易ではないのだ。

「なぜ、この階から調査をはじめるんだ？」プンターナットは恐るおそるたずねた。「不具合がどこにあるかも、そもそも、あるかどうかもわからない状況なら、ほかの階からはじめても問題はないはずだ」

「理論的にはそうだ」トロトが同意する。「だが、まず考えるべき点は、不具合は確実にあるということ。中央プラズマが調子が悪いと感じているんだ。なにもないわけがない。それが、ポイントのひとつめだ。ふたつめのポイントは、この階は確かにほかの階と同じように見えるが、ひとつだけちがう点がある。それはポスビたちがこの階のひとつのセクターの調査だけを非常に短時間ですませたということ。あまりにも早く終わらせたので、中央プラズマもおかしいと思わずにはいられなかったという。もちろん、これは確実な手がかりではない。だが、われわれの手もとにある唯一の手がかりだ。よって、いまはそれを究明するしかない」

プンターナットは、こんなにもていねいに理由を説明してもらえるとは想像していなかった。投げやりな言葉か皮肉をいわれると思っていたのだ。トロトが自分の質問に真剣に答えてくれたことに正直驚いていた。

「さあ、行くぞ」と、トロトはいった。

＊

地下エリアでは二万五千体ものポスビが活動しているはずだが、見わたすかぎりポスビの姿は見えない。エリアが非常に広大だからというのがおもな理由だろうが、ポスビたちがこの階の調査はすべて完了したと見なしていたことも理由のひとつにちがいない。

パンタロンがポスビたちの通信網にアクセスしたおかげで、一行は調査の進展と結果に関する最新の情報を入手し、その全体像を把握していた。

ポスビたちは最初のパニックがおさまると、特定の設備の調査を集中的におこなった。通常であれば、それで問題は解決するはずだったが、今回はうまくいかなかった。

中央プラズマは内向型存在だ。ドームのなかに閉じこもり、外界とは供給管をとおしてのみつながっている。それによりドーム内の温度と酸素と湿度は一定に保たれ、水と栄養素も供給されていた。

目下、各供給地点とその内容物の調査が徹底的におこなわれていた。

ポスビだけでなく、おそらく中央プラズマ自身も、供給管の一部に漏れが生じたか、だれかが意図的に管に穴を開けたと推測していた。供給されるはずのものが少しでもたりないと、それだけで重大な問題が起こる。それよりも深刻なのは、栄養素が腐敗していたり、毒が混入されていたりする場合だ。その場合、犯人はどうやって中央プラズマの体内化学を知りえたのかという別の問題が浮上する。

そういうわけで、ポスビたちはポスビとマット・ウィリーを対象にした個別調査を同時におこなうことが予想された。もちろん、そのさいは施設内のハルト人たちも入念に調査されるにちがいない。

プンターナットはその調査のことを知ると、少し不安になった。

「上にもどって調査を受けなくては」といった。「調査員はわたしを探すだろう。もし見つからなければ、犯人だと疑われるかもしれない。そんなことになれば、地上にもどったとしても容疑者と見なされ、自由を奪われてしまうかもしれない」

「きみはここにとどまってくれ」テンクオ・ダラブが懇願する。「パンタロン、ポスビたちにプンターナットの個体情報を伝えて状況を説明しろ」

パンタロンはその指示にしたがい、情報を送った。

予想どおり、施設全体で大規模な侵入者探しがおこなわれていた。それだけではない。捜索範囲はドンガン全域にまで広げられ、犯行現場から逃避中の犯人の追跡がおこなわれていた。宇宙船の離着陸もすべて禁止されていた。

そうした状況を見れば、中央プラズマが非常に深刻な危機に瀕していることは明らかだ。パンタロンが新たに得た情報もその深刻さを物語るものばかりだった。

「だれが犯人かはわからないが」トロトは考えながらいった。「そいつは完璧に仕事をこなしているようだ。手遅れになる前に見つけださないと」

「だが、いったいだれが中央プラズマに危害を加えようなんて考えるんだ?」プンターナットは困惑してたずねた。「プラズマはなにもしていないのに」

「なにもしていないかどうかは、だれにもわからない」テンクオ・ダラブが少し声を荒らげていった。「われわれの実験が終わったら……」

そこで、言葉をのみこんだ。プンターナットはその場に立ちつくし、不安げに三人の巨人を見あげた。

「なぜ、そこで話をやめるんだ？」と慎重にたずねた。「そもそも、それはどんな実験なんだ？」

「きみは超高周波のハイパー無線やプシオン性インパルスのことを知っているのかな？」トロトが妙に優しい口調でたずねた。

「知らない」プンターナットは正直に答えた。「そういうことには興味を持ったことがないから」

「それなら別のいい方をしよう」トロトが説明する。「圧倒的な力を持つ敵が前代未聞のやり方で銀河系を支配している。その敵を打ちまかし、銀河系から追放する方法はいまのところ見つかっていない。敵はおそらく、さっきいったような特別の信号を利用して、その力を維持している。実は中央プラズマも、その信号とにたようなインパルスを発している。つまり、ハルパトのハルト人たちは、中央プラズマのインパルスを利用すれば謎の敵の通信を妨害し、銀河系を解放できるのではないかと考え、実験をつづけているのだ」

プンターナットはトロトが非常にかんたんな言葉を使って説明したことを知っているが、それ以上詳しい情報を得たいとは思わない。いま聞かされた説明を理解するだけで精一杯だったからだ。科学的原理を理解することなどとうてい無理だ。それほど科学にはうとかった。

「その実験は中央プラズマに害をあたえるのか？」唯一思いついた質問がそれだった。「あたえない」テンクオ・ダラブは落ちついた口調で答えた。「だが、実験の対象になっている敵にはあたえている」

「それなら、中央プラズマの考えは正しいのかもしれない」プンターナットは恐るおそるいった。「やはりきみたちの実験のせいでぐあいが悪いんだ」

「もしそうだとしても、それは間接的な害でしかない」テンクオ・ダラブが主張する。「われわれの責任とはいえない。なぜなら、敵とその手下たちがわれわれを見つけたとは考えられないからだ」

テンクオ・ダラブはそういいながらトロトに意味ありげな視線を投げかけた。

「そんな目でわたしを見るな」トロトが反抗する。「ハルパトを見つけるために、ナックがわたしとソクラトを追跡したとは思えない。かれらはずっと以前からハルパトで活動していた可能性が高い」

「ですが、この施設の不具合は最近起こったものです！」

「それはただの偶然だ」トロトはそういうと、前方を指さした。「ポスビたちがきたぞ。謎が解けるかどうかは、かれらにかかっている」

プンターナットは、ハルト人が自分よりもずっと知識が豊富なことに気づいて混乱していた。かれらは中央プラズマをこの危機的状況に追いこんだ敵の種族さえも知っているようだ。かれらが懸念していることが事実なら……

プンターナットは急いでその考えを頭から振りはらった。責任の所在について考えるのは自分の役目ではない。それに、ハルト人の説明から、かれらが計画の遂行のために健康で強靭《きょうじん》な中央プラズマを必要としていることは明らかだ。だからこそあらゆる手をつくして金属ドーム内の巨大存在を救おうとしているのだ。

とはいえ、ハルト人が私的な目的のために中央プラズマを利用することを許してもいいのかという疑問は残る。

プンターナットは本能的に、それは許してもいいと思う。なぜなら、銀河系はかれが憧れつづけてきた〝テラ〟に関係するものだからだ。もちろん、それは私的なものの見方にすぎない。けれども、中央プラズマが最初からハルト人の計画を知り、その遂行を許してきたというのは明白な事実なのだ。

許すか、許さないかを決めるのも、わたしの役目ではない。そうプンターナットは思う。それはほかの者に任せておけばいい。それにしてもナックとは何者で、どんな姿をしているのだろうか？　どうすればその存在を見つけられるのか？

ハルト人はそれを知っているのかもしれない。いずれにせよ、かれらは確固たる目的に向かって進んでいるように見えた。

6

このセクターを担当しているポスビの小集団がやってきた。

プンターナットは、これほどまでかれらの到着が遅れたことがパニックの大きさを物語っていると思う。いたるところに配備されたポスビたちは迫りくる苦難に必死で立ちむかっていた。こうした状況下で、ポスビたちがハルト人の要望に応えることはないだろう。中央プラズマがテンクオ・ダラブとその仲間たちに協力しろと命令でもしないかぎり。

案の定、ポスビたちはハルト人の提案に難色を示した。

「ここに異状はない」といった。「すでに調査ずみだ。すべては正常に機能している」

「それなら、もう一度調査しても問題はないだろう?」イホ・トロトが穏やかな口調でいった。「さあ、はじめるんだ!」

「きみの命令は聞かない」箱形のポスビが金属がきしむような声で答えた。その上半身にはらせん状の構造物が乗っている。「そんな命令に効力はない。われわれのじゃまをするな。きみはいったい何者なんだ?」

「すぐに調査をはじめないなら、痛い目にあうぞ。それから後悔しても遅いからな!」

イホ・トロトは怒声をあげた。

その声は上下階まで響いたと、プンターナットは確信する。宝物にしているシェイクスピアの悲劇『オセロ』の三ページ分を賭けてもいいと思う。

「きみが何者なのか知りたいといっているんだ!」ポスビはそれでも反抗した。

「向こうへいって、調査をはじめろ!」トロトが叫んだ。

すると、ポスビたちは黙った。おそらく、聴覚センサーが壊れて命令の前半しか聞きとれなかったのだろう。突然、全員が動きはじめ、施設の迷路へと消えていった。このセクターは上階の通信室の後方と同じくらい複雑な構造をしていた。

「ポスビたちになにを期待しているのか?」プンターナットは、大声を聞かされたショックから立ちなおるとたずねた。

「わからない」とトロト。「なんらかの手がかりが見つかることを期待しているだけだ」

「われわれはここで待つことしかできないのか?」プンターナットは訊いた。

「むやみに動きまわるのはよくない。待とう。ただの時間稼ぎのように思えるかもしれないが、こうすることで時間のむだづかいを防ぐことができるかもしれない」

トロトの意見は正しいように思えた。迷宮といっていいほど複雑な構造をした施設のなかで手がかりを何時間も探したところで、結局は偶然に頼るしかないだろう。

ポスビたちは驚くほど早くもどってきた。

「どこにも問題はない」上半身にらせん状の構造物を乗せた箱形のポスビが、満足げに報告した。「われわれの予測どおりだ。時間をむだにしてしまった」

「異状はひとつも見つからなかったのか？」

「見つからなかった」

「それはおかしい」

「どうしてそう思うんですか？」パンタロンが生意気な口調で口をはさんだ。「ポスビはどんな仕事も完璧にこなす。ミスはありえない！」

「黙れ！」トロトが命じた。「それなら、なおさら異常がひとつも見つからなかったのはおかしいだろう？」

「われわれは少し前にもここで調査をおこなった。異状がないなら、そのとき、とりのぞいたにちがいない」

「だが、先の調査でも異状は見つからなかったんだ。このセクターはなにも見つからなかった唯一の場所だ。そう中央プラズマもいっていた。だから第二の調査団がここに送られたが、結果は同じだった。これは三度めの調査だ」

「それなら、なにも見つからなくて当然だ」ポスビが反論する。

「いや、むしろその逆だ！」トロトが険しい表情で答えた。「第二の調査団は中央プラズマから命令されて、いくつかの場所に小さな変更を加えた。きみたちがそれに気づかなかったのはおかしい」

「それはありえない！　中央プラズマがそうした命令を出したとしても、ポスビはそれにしたがうことができない。なぜなら、ポスビには意図的にこのシステムに不具合を生じさせる役割があたえられていないからだ」

「不具合じゃない。小さな不規則性だ。それくらいは気づくべきだった」

　ポスビは黙りこんだ。

「パンタロン、変更された個所の正確なデータを渡してやれ」トロトが命じた。

　パンタロンがデータの数値をいくつか読みあげた。

「ありえない！」らせん状の構造物を乗せた箱形のポスビが抗議した。「そこはわたしが調査したところだ。なにもなかった。本当に！」

「なら、その現場を見せろ」トロトが命じる。「いますぐに」

「われわれはどうすればいい？」別のポスビがたずねた。「仕事にもどってもいいか？　それともまだここにいるべきか？」

「きみたちもいっしょにくるんだ」トロトがきっぱりという。「さあ、いくぞ。もう充分に時間をむだにした」

そう、プンターナットも考えていたところだった。

だが、その考えがまちがっていたことには気づいていなかった。

＊

ポスビたちは迷宮のような建物のなかをとおりぬけ、ある場所に一行を連れていった。プンターナットにはそれがどういう場所なのかがまったくわからない。ハルト人たちもそこにある角や隆起物や突起物がなんなのか理解できないようだ。けれどもポスビたちにとってはそれらすべてが意味のあるものなのだろう。

「ここだ」と、らせん状の構造物を乗せたポスビがイホ・トロトに向かっていった。

「自分で確認してみろ。不規則性なんてない」

三名のハルト人はカオスと呼んでいいような散らかった場所を見わたし、たがいに顔を見あわせると、大声で笑いだした。プンターナットはハルト人たちを凝視するが、笑いの理由が理解できない。ポスビたちにたずねても意味がないと感じる。笑い声が大きすぎて、質問はポスビたちには聞こえないだろうし、聞こえたところで、かれらも理由はわからないにちがいない。

「ここで確認することはなにもない」トロトがようやく口を開いた。「なにを見せられても意味がない。ここに問題が見られないのは、だれかがそれをとりのぞいたからだ」

「問題をとりのぞくような者が中央プラズマの敵であるはずがない」プンターナットは安堵していった。問題はそれほど深刻なものではなさそうだ。だれかが思いちがいをしたか、なにかの偶然が重なったのかもしれない。ポスビだってまちがえることはある。

もちろん、中央プラズマも……

「だが、ここで不具合を修正した者が、かならずしも中央プラズマの味方であるとはかぎらない」トロトは冷静にいった。「もしかしたら、それをした者はポスビたちがより詳しい調査をするのを避けたかっただけかもしれない。ポスビを追いはらいたいなら、これがもっともかんたんな方法だ。不具合がなければ調べる必要はない。よって、だれもここにはこない」

トロトはポスビたちのほうを向いた。

「別の場所を見せろ！」と命じた。「らせん形ポスビはここにとどまり、ビーコンを発信しろ。一歩も動くな」

カオスと呼んでもいいような散らかった場所で、方向感覚を維持するのはむずかしい。それでも一行はポスビたちをそれぞれのポジションにつかせて直径約五十メートルのエリアを区切ることに成功する。パンタロンと二名のポスビだけが一行の側にとどまった。

「上下階で、異状がないかどうか確認しろ！」トロトが二名のポスビに命じた。

「そうした情報はない」ポスビはすぐに答えた。「だが、異状がないとは断言できない。上下階にはまだ調査されていないセクターがいくつかあるからだ。そこにある制御システムは自動化されていて司令本部によって監視されている」

「われわれが区切ったこのエリアは、中央プラズマの供給システムと関係があるのか？」トロトはたずねた。

「直接的な関係はない」とポスビ。「このエリアには、供給管はとおっていない。中央プラズマに直接的または間接的に接続しているものさえない」

「とはいえ、このエリアもなんらかの役目を果たしているはずだ！」テンクオ・ダラブが少しいらだったようすでいった。

「もちろんだ。地下エリアの〝すべて〟が特定の役目を果たしている」二名のポスビのうちの一名が落ちついた口調で答えた。

「なら、このエリアになにがあるのか教えてくれ！」テンクオ・ダラブが懇願した。

「なにもない」ポスビは簡潔に答えた。

「どういう意味だ？」

先ほど〝すべてが特定の役目を果たしている〟といったポスビが慎重に説明する。

「ここにあるのは空き部屋だけだ。つまり、ここは、既存のシステムに組みこみ不可能な新設備が必要になったときのための予備スペースなのだ」

「なんだ、ただの物置か」トロトは吐きすてるようにいった。

「いま、なんていった？」ポスビが困惑して聞きかえした。

「テラナーの口調をまねしただけさ」喜ぶプンターナットを横目にトロトは答えた。

「いま、いったことは忘れてくれ。よし、これから役割分担して、不具合の原因を追究するぞ」

すぐにテンクオ・ダラブとドモ・ソクラトはそこを離れた。ふたりを見失いたくない二名のポスビたちはそのあとを追った。

イホ・トロトはパンタロンとマット・ウィリーを見つめる。

「きみたちはここに残ってくれ」と、少し考えてからいった。

「問題外です！」パンタロンは即座に反抗した。「わたしはあなたのオービターだ。どんなときもあなたについていきます！」

「オービターってなんなんだ？」プンターナットが控えめにたずねた。

「いま説明している時間はない」トロトはいらだちながら答えた。「いずれにせよ、パンタロンはわたしのオービターではない。そう思いこんでいるだけで、その意味もわかっていない」

「なんてことというんですか！」と、パンタロンは反発した。「いいですか、オービターというのは……」

「説明は要らない」トロトはてのひらを見せていった。「きみはここに残れ。これは命令だ。プンターナットを守ってくれ」

「このマット・ウィリーがわたしとなんの関係があるというんですか？」パンタロンは憤慨していった。

「このプンターナットは、われわれにとって重要な存在だからだよ」ハルト人は諭すようにいった。

「それなら……」パンタロンはいいかえそうとしたが、トロトはすでに角を曲がり、見えなくなっていた。

「まさか、こんなことになるなんて！」と、パンタロンは怒っていった。「プンターナット、よく聞け。きみが重要な存在でなかったら、ただではすまないぞ。きみのせいで、わたしはここに残る羽目になったんだからな。この努力がむだになったら、絶対に許さないから！」

「そうなっても、わたしのせいじゃない」プンターナットは冷たい口調で答えた。ハルト人がいなくなったので、いつもの自分にもどっていた。黒い巨人たちが側にいると、なぜか緊張してしまうのだ。

　パンタロンは反論しない。ただ黙って壁ぎわに立っている。ゆがんだ壁を背にしてX字形の物体が立つようすは抽象画のように見える。

「巨人を探知できるのか?」と、プンターナットがたずねた。

「巨人ってだれ?」パンタロンは無愛想に訊きかえした。

「あのハルト人。イホ・トロトのことさ」

「そっか、その手があったか!」ポスビは思わず本心を口にした。プンターナットは以前からパンタロンは頭が悪いと思っていたが、それは事実のようだ。あるいは、頭の回転が極度に遅いにちがいない。

プンターナットは、トロトの居場所を教えてもらえるのを待っていたが、パンタロンは教える気がないらしい。

「トロトはどこにいるんだ?」プンターナットは待ちきれずにたずねた。「なにをしているんだ? もう、手がかりを見つけたのか?」

「ただ歩きまわっている」パンタロンが実況報告する。「こんなにも見とおしのよい場所で迷ってしまうなんて理解できない。ああ、いまようやく正しいコースにもどった。それから……」

「どうした? なぜ黙る?」

パンタロンは答えない。そのかわりに、少しからだを浮かせた。ボディに光点があらわれ、うなるような音が鳴りひびく。次の瞬間、高速で飛びさった。

「もどれ!」プンターナットは叫んだ。「ハルト人から、わたしを守れといわれただろう！」

けれどもその声は届かなかった。ポスビはすでに姿を消していた。

7

プンターナットはゆっくりと回転しながら周囲を見まわす。だれもいない。ハルト人も、ポスビも見えない。あたりは静かだ。どこか威圧感のある静寂。音も、動いている物体もない。

「どうすればいい？」と自問した。「ここでじっとしているわけにはいかない！」

すると突然、破裂音とも打音とも呼べる音が聞こえてきた。それは亡霊の泣き声のように不気味でよく響く。遠くで聞こえたかと思うと、次の瞬間にはすぐ近くで聞こえる。

プンターナットは驚いて身をすくめると、床に伏せた。そこに穴を開けて逃げだしたい衝動にかられる。英雄になるという決意まで捨てそうになった。

もし床が別の材質だったならば、確実に逃げだしていただろう。もしかすると、ポスビたちはマット・ウィリーの特性を考慮して、この建物を建設したのかもしれない。プンターナットは有機部の掘削リングを出しかけたが、床の数ミリメートル下に半弾性の粘着性物質があることに気づいて急いでそれをひっこめた。

下階へ逃げるのは無理だ。

それなら、地上へもどるべきか？

だが、ポスビの助けなしにこの迷宮から抜けだすことは無理だとプンターナットは思う。

そのとき、泣き声のような音がふたたび聞こえてきた。こんどは、突撃してくるジェット機のような音量で、しかも床の下から聞こえてくる。プンターナットは恐れおののいて跳びあがり、空中で擬似腕をつくると、目の前に見えた突起物にしがみついた。けれども、その恐ろしげな音は、泣き叫ぶ悪霊のようにしつこく追いかけてくる。それだけでなく、話し声も聞こえてきた。

「……どこ……応答……助け……」

プンターナットは、泣き声や破裂音や打音のなかからその話声を聞きとる。

そして、ついに音の出所を突きとめた。

それは地上階でポスビから貼りつけられた認識票から出ていた。つまり、そのプレートは無線機の役割も果たしていたのだ。

「だれだ？」と、プンターナットはふたたび〝地に足をつける〟と、不安げにたずねた。

すると、使い古した何千本ものフォークで皿をひっかいたときのような不快な音が鳴りひびいた。

「……時間……見つけて……ここ……」騒音のなかから打音のように途切れる声が聞こえてくる。「……追って……」

プンターナットはふるえる手でプレートをいじくりまわす。受信障害をとりのぞき、音量を調整する方法があるにちがいないが、無線機を扱うのは生まれてはじめてだ。どうすればいいのかまったく見当がつかない。

「イホ・トロト！　パンタロン！　テンクオ・ダラブ！」

混乱して、三人めのハルト人の名前は思いだせない。

「どこにいるんだ？　応答してくれ！」

返事はない。

プンターナットはわけもわからず動きはじめた。地下エリアから逃げだしたい一心で、反重力シャフトがあると思われる方向へ進む。けれども、亡霊の泣き声に驚いて逃げまわったせいで、自分がどこにいるのかまったくわからなくなっていた。

どうすればいい？　だれかに見つけてもらえるまでここで待つわけにはいかない。だからといってあてもなく歩きつづけるわけにもいかない。

そこでプンターナットはもう一度そのプレートをさわってみる。もし、それが本当に無線機なら、その機能を使って助けを求めることができるはずだ。

けれども、昔から機械類が苦手なマット・ウィリーには、その小さな装置の使い方がまったくわからない。怒りに任せて、装置を投げすてようとしたそのとき、ふと思った。この厄介な装置を持っていれば、仲間たちから探知されるかもしれない、と。つまり、このプレートを持ちつづけていれば、見つけてもらえる可能性があるのだ。とはいえ、それは自分を探してくれる者がいればの話だ。

そんな者がいるだろうか？

プンターナットはすべてをネガティヴにとらえて絶望する。しかし、なにもしないわけにはいかないと、一行と別れた場所にもどることにした。だが、すぐに道に迷ってしまったことに気づく。それからは、ただ歩きつづけるしかなかった。立ちどまって自分の失敗を認めるのが恐かったからだ。

そのとき、小さな無線機がまた音をたてはじめた。

プンターナットは足をとめる。そこがどこなのかはわからなかったが、比較的明瞭な声が雑音に紛れて聞こえてきた。

「援助を要請する」

イホ・トロトの声だろうか？

プンターナットはそれを確信する。なぜか最初からトロトには好感が持てた。ハルト人だからというわけではない。そして、どういうわけか、この施設の問題を解決できるのもトロトしかいないと信じていた。

「トロトについていけばよかった」プンターナットはつぶやく。「すべての問題は置きざりにされたことではじまった。トロトのそばにいたら、こんな恐いめにあわずにすんだのに」

先ほど声がはっきりと聞こえたのはトロトが近くにいるからだとプンターナットは思う。無線機の通信範囲についての知識はないが、それくらいのことは想像できた。

トロトを探すと決める。これまでと同じ方向に進めば、見つけられそうな気がする。

そして、それを行動に移した。

＊

ふたたび明確な目標を持てたおかげで、プンターナットは驚くほど元気になった。今回は動きやすいように、背は低く、腕も二本しかないハルト人に変身する。そして、さっそうと歩きはじめた。床も壁も天井も、見覚えのある場所はいっさいない。角を曲がるたびに知らない風景が広がっている。けれども、もう迷いはなかった。

決めた方向に進むことしか考えていなかったからだ。

そして、行きどまりにたどり着いた。

プンターナットは立ちどまり、目の前に立ちはだかる壁を見つめる。袋小路になっているその通廊の長さはわずか五メートル。扉も分岐する通廊もない。

プンターナットは袋小路から出て、平行してのびる別の通廊を探そうとする。そのとき、またイホ・トロトの声が聞こえてきた。

「さあ、前進しろ！　あと少しだ」

プンターナットはその言葉が自分に向けられたもののような気がする。だから別のルートを探すのをやめて袋小路の通廊にもどった。

……驚愕して立ちすくんだ。

そこは確かにさっき入った通廊だが、もう同じものではない。突きあたりの壁がはるか奥に移動し、両サイドには扉や分岐する通廊がいくつもある。これまで見た地下エリアとは完全に異なるつくりだ。

プンターナットは振りかえった。うしろに見えるものはこれまでと変わらない。後退して、ふたたび通廊の外に出る。すると目の前の通廊が前と同じ長さ五メートルの袋小路の通廊に変わった。

「これはある種のトリックだ」プンターナットはつぶやいた。「ポスビがどうやってこんなことをなしとげたのか知りたいものだ。まあ、知っても理解はできないだろうが」

そう、ひとりごちて、落ちつきをとりもどしたプンターナットは、ふたたび奇妙な通廊に足を踏みいれた。扉や分岐する通廊を横目にひたすら前進する。前進すれば、するほど、そのしかけが理解できない。一歩踏みだすごとに、突きあたりの壁は遠ざかっていった。

プンターナットは目の前の出来ごとに囚《とら》われすぎないようにする。トロトからの新たな指示を待つも、無線機からはなにも聞こえてこなかった。

プンターナットは前進しながら左右に見える扉や通廊の奇妙さに気づく。同じような扉や通廊がこんなにも並んでいる場所は、この地下エリアでは見たことがない。しかも、うしろを振りかえると、通廊は非常に短く見える。扉は細長くて高すぎるうえ、扉同士も不自然に近接している。まるで遠近法が正しくない絵を見ているかのようだ。

プンターナットは立ちどまり、目の前の光景を目に焼きつけた。そして、そこから分岐する別の通廊のなかをのぞきこんだ。

その通廊の長さも約五メートル。なんと、扉も分岐する通廊もない袋小路だ。

プンターナットは、そこに足を踏みいれると、また変化が起こると確信する。試してみたい誘惑にかられたが、やめておいた。心のなかにあるなにかが、そうすることを引きとめたからだ。

引きとめたもののひとつが、これまで歩いてきた通廊の突きあたりにトロトはいるかもしれないという期待であることはまちがいない。まわり道せずに、決めた方向にまっすぐに進んでいると心が落ちつく。だからプンターナットはルートを変えたくなかった。

そのいっぽうで、予感とも直感とも呼べる非合理的ななにかが分岐する別の通廊に入ることを拒んでいた。

プンターナットはしばし躊躇《ちゅうちょ》すると、サイドにある扉のひとつの前にいった。スイッチを見つけてそれに触れる。すると、グレイの扉は音もなく横にスライドして開いた。

プンターナットは扉の前に立ったまま、なかをのぞきこんだ。

広くて、天井が高い正方形の部屋にはだれもいない。一度も使われたことがない部屋のように見える。奥の壁に扉がひとつある。

それは閉じていた。

ポスビがいっていた予備スペースにちがいない。そうプンターナットは思った。

そして、その先にある別の扉もいくつか開けてみたが、どの部屋も同じ構造だった。

プンターナットは部屋をのぞくだけで、なかには入らない。入りたいと思わなかったからだ。外からでは見えない死角を確認する気もない。代わりに、扉を閉めてそのまま先に進んだ。

しだいに退屈になってくる。延々とつづく通廊。そこには同じような扉と分岐する通廊しかない。トロトからの連絡は途絶えたままだ。無線機は沈黙しつづけている。プンターナットは、トロトを見つけられないかもしれないという疑念におそわれる。

それでも、ハルト人を探しつづけた。

この通廊は終わりなくつづいているのかもしれない、と思いはじめたそのとき、目の前に壁があらわれた。突きあたりにたどり着いたのだ。

突然、壁に扉があることに気づく。なぜ、最初からそれが見えなかったのかはわからない。

プンターナットは扉の前に立ち、それを上から下まで観察する。扉は光沢のあるグレイだ。スイッチに触れると、扉が横にスライドして、またしても空き部屋があらわれた。ほかの部屋と唯一ちがう点は、奥の壁に扉がないこと。よって、部屋に入ったところでその先には進めない。

それでもプンターナットは、この部屋に入るべきだと感じる。部屋のなかに別の扉がある可能性があるからだ。構造がほかの部屋とちがっているため、外からは扉が見えないだけかもしれない。

プンターナットは部屋に入って第二の扉を見つけ、それを開く覚悟を決める。だが、またしても終わりのない通廊がつづいていたら……

その場合、どうすればいいのかはわからない。もとの通廊にもどって、手前の部屋に入ってみるしかないだろう。

プンターナットは扉をくぐった。すると、全身に奇妙な感覚を覚えた。それは掻痒感《そうよう》ににた感覚だが、決して不快ではない。驚いて身をすくめる。部屋に足を踏みいれるやいなや、すばやく扉から離れた。

掻痒感は消えたが、プンターナットはそれを気にしない。

目の前に、部屋全体を埋めつくす異様な機械群があらわれたからだ。

＊

周知のとおり、プンターナットは機械にうとかった。ちょっとした修理や計測すらできない。反重力エンジンと掃除機のちがいを見わけるのさえむずかしいだろう。

とはいえ、この部屋にあるものが〝未知の〟機械であることだけはひと目でわかった。

プンターナットは無線機がついたプレートをからだからはがす。

「イホ・トロト、応答してくれ」と、ささやいた。

当然、返事はない。この厄介な機械を使って通話する方法を探すのはむだだとプンターナットは思う。そして、心のなかでポスビたちを罵倒し、すべてをかれらのせいにした。

ゆがんだ思考回路を持つポスビはどんな生命体をも困らせる。だからマット・ウィリーたちもかれらとは深く関わろうとしない。

プンターナットがこんな状態で助けを得られないのもポスビたちのせいだといっていい。

いや、確実にそうだ！

突然、部屋のなかの機械らしきなにかが鈍い金属音をたてた。プンターナットは思わずあとずさりする。

そして、音を出しているものを観察した。

その物体はこぶだらけの茎にカップ形の花をつけた奇妙な植物のように見える。全体が銀色に輝く蜘蛛の巣状のものでおおわれ、その上を、無数の光る点が微生物のように動きまわっている。物体は天井まで届きそうなほど巨大だ。それを見あげたプンターナットは、そのなかに未知の異人の姿を見た気がした。

しかし、突如それは姿を消した。巨大な物体が丸ごと消えてしまったのだ。

「ここはどこだ？」プンターナットは小さな声で自問する。「あんなものがどうやってここに入ってきたんだ？」

ポスビがあの物体をつくり、ここに置いたとは考えられない。この奇妙な部屋にあるなにもかもがポスビがつくったものには見えない。

「ここには異人がいる」プンターナットはプレート状の無線機に向かってささやいた。もしかしたら、だれかに聞こえているかもしれない。もしくは、プレートには録音機能があるかもしれない。そう、期待したからだ。

「あれは異人にちがいない！」プンターナットは小声でいった。「でも機械を見るだけでは、異人の正体を特定できない。少なくとも機械の形状からそれを推測することは不可能だ」

とはいえ、その発言は無意味だった。というのも、機械にうといプンターナットがそもそもそんな推測などできるわけがないからだ。

仕方なく、機械のあいだを歩きまわり、その外観をできるかぎり詳しく説明する。もちろん、そんな説明をしたところで、だれかが聞いている確率はゼロに等しい。しかし、いまのプンターナットにとって、そんなことはどうでもよかった。必死に説明することで、心が落ちつき、恐怖や不安を忘れることができたからだ。こうした状況下では、なにかができることさえありがたかった。

しばらく歩くと、部屋の奥の壁にたどり着いた。特徴のない、光沢のある扉がひとつある。プンターナットは扉を開けてなかをのぞきこんだ。見えたのは、これまで見てきたのと同じ無機質な空き部屋。その奥の壁にはまた扉があった。

プンターナットは扉の前に立ったまま考えた。

これは目の錯覚かもしれない、と思う。もしかすると、この部屋も、これまでに見た部屋も、実際には空ではないのかもしれない。自分には見えていないだけで、どの部屋にも未知の機械が置かれている可能性がある。一歩踏みだして扉をくぐれば、機械は当然のごとくあらわれるかもしれない。

けれども、なにかが心にひっかかっていた。そのなにかが一歩踏みだすことをよしとしなかった。

プンターナットは不安になる。生まれてから直感を得たことは一度もない。少なくとも、いま感じているような形では、はじめてだ。それを無視しようとするが、それはむずかしかった。

一歩さがってスイッチを押すと、扉は音もなく閉じた。

もうたくさんだ。そう、プンターナットは思う。もう充分いろいろ見て、体験した。異質なものすべてに嫌気がさしてくる。このエリアから抜けだしたい。ここにある不可思議なものにくらべれば、ポスビたちのバカげた発明すら安全に思えた。

なにがなんでも、脱出せねばならない。そのためには、ハルト人に助けを求める必要がある。もしかすると、かれらはすでに自分を探しているかもしれない。

プンターナットは引きかえして先ほどくぐった扉を見つける。そして、それを開けたが……

見えたのはもとの通廊ではなかった。扉の向こうにあるのは、またもや奥の壁に扉がひとつある空き部屋だった。

プンターナットはあとずさりし、あたりを見まわす。

目の前の壁に扉はひとつしかない。どう考えても、先ほどくぐったのはこの扉だ。まちがえようがない。

　プンターナットは扉を開けたままにして踵《きびす》を返す。異様な装置には目もくれず、急いで部屋の奥にいった。

　第二の扉のなかをのぞきこむが、無機質な空き部屋に変化は見られない。すべてはもとのままだ。

　プンターナットは両方の扉を閉め、部屋の中央に進んで、人間くらいの大きさのふたつの装置のあいだに立って考えこんだ。ハルト人の姿でいることが苦痛になったので、変身をやめてふだんのマット・ウィリーの姿にもどった。

　どうやら、帰り道がなくなってしまったようだ。

　少なくとも、きた道をもどることはできない。

　プンターナットは困惑していた。突然、以前はなかったものがあらわれ、あったものが消えてしまうなどということが理解できなかった。

　ハルト人ならきっと、このからくりを見ぬき、解決法を見いだすだろう。

　プンターナットには、別の部屋に入るという方法しか思いつかない。けれども、どちらの部屋も不気味で、わけもなく嫌な感じがした。

　よって、しばらく待つことにする。いまのところ、危険が迫っているわけではなさそうだ。少しの時間なら、ここで待機してもいいだろう。運がよければ、そのあいだに問題は自然と解決するかもしれない。

そう考えると、気持ちが楽になった。そして部屋の中央でからだを休め、いまはこうすることが最善の選択だと自分にいい聞かせた。

もう少し待って、時がきたと感じたら扉を開けてみよう。きっと、目の前にふたたびあの通廊があらわれるにちがいない。そうすれば、この部屋を出て、きた道をもどればいいだけだ。

絶対にうまくいく。頭を悩ませる必要はない。自分を追い詰めるようなことはしないほうがいい。

そんなふうに、プンターナットは待っているあいだ考えつづけた。

とはいえ、待てば待つほど、自分の考えではなく、直感にしたがったほうがいいように感じる。プンターナットはこれまで自分に直感というような感覚があるとは知らなかった。自覚はしていなかったが、それを感じる能力は以前からあったようだ。それどころか、自分はほかのマット・ウィリーが持っていない稀有な能力の持ち主であるらしい。

そこで、プンターナットは未来を思い描いた。

自分はここから脱出し、新たに見つけた直感という能力を使ってハルト人とポスビを発見する。そして、かれらにすべてを報告し、かれらとともに異人たちを追いはらう。最終的には中央プラズマを救った自分は英雄と見なされるだろう。

だが、そのあとはどうすればいい？　いままでのような小市民的な生活をつづけることはむずかしいだろう。もしかしたら、長年の夢であった劇団を設立することができるかもしれない。すでに英雄なのだから、それに協力してくれるマット・ウィリーを集めることはむずかしくないはずだ。そうすれば……

そのとき、また直感がおりてきた。

いまがその時だとわかる。プンターナットはからだ全体でそれを感じる。立ちあがると、急いで扉に向かい、スイッチを押して扉を開いた。

だが、見えたのは、またもや奥の壁に扉がひとつある空き部屋だった。

怒りのあまり叫びそうになったが、次の瞬間、音を聞いた。

身震いして、とっさにスイッチを押す。扉が閉まり終わる前に謎の装置の陰に身を隠した。そして有柄眼をつくると、それを慎重に装置の角から出し、部屋の中央を観察できるようにした。

空中でゆらめく光が見える。それを見つづけていると、なにかが天井の下にあらわれ、ゆっくりとおりてきた。

8

プンターナットはあらわれたものの姿を見ると、直感にしたがったことを後悔した。嫌な予感を無視して扉をくぐり、別の部屋に逃げこみたい衝動にかられる。それにもかかわらず動けなかったのは、恐怖でからだが硬直していたからだ。目を動かすことさえできなかった。

天井からゆっくりとおりてきたそのなにかは、特に大きいわけでも、特徴的でも、見た目が恐ろしいわけでもない。

ただ、〝異質〟なのだ。この部屋にある謎の機械よりも異質なもののように感じられた。

プンターナットがいくら観察しても、生物なのか機械なのかさえわからない。

〝その物体〟は金属製の触角を絶えず動かしている。ボディの大部分は金属でできているようだ。金属のあいだから見えるものがあるが、プンターナットは本能的にそれを有機的なものと見なす。その表面は青く輝く粘液におおわれ、生物の皮膚のように見えた。

プンターナットの思考はそこで停止する。なぜなら、その奇妙な物体が部屋の床に着地したからだ。それは周囲にある謎の機械を物色するかのように、金属の触角を四方八方に伸ばした。やがてひとつの装置に目をつけたのか、それに向かって動きだした。

プンターナットは息を殺し、異質な物体ができるかぎり早く消えさることを祈る。そして消えさったあとは、この部屋を即刻立ちさり、二度と直感にはしたがわないと心に誓った。この粘液にまみれたロボットのような物体が立ちさるまでは、どんなことにも耳をかさないと決めた。

そのとき、異質な物体が急に立ちどまり、すべての金属製の触角をマット・ウィリーが隠れている場所に向けて伸ばしはじめた。

どうすればいい？

プンターナットはパニックにおちいり、即座に逃げようと思う。だが、有柄眼をひっこめる前に、粘液にまみれた金属製の物体は奇妙な音を発して触角を振りまわしはじめた。プンターナットは見えないなにかにからだをつかまれる。全身が麻痺し、床に穴を掘って逃げることもできない。意識ははっきりとしているが、からだが動かない。異質な物体がもう一体あらわれると、そのままかくれ場から引きずりだされた。

プンターナットは二体に囲まれ、あらゆる角度から観察されているような気がする。気がするだけで、それが事実かどうかはわからない。というのも、異質な物体には目がないからだ。もしかすると触角の先端に感覚細胞やセンサーがあるのかもしれないが、その形状が異質すぎるため確認しようがない。

プンターナットは特別に勇敢でもなければ、忍耐力が強いわけでもない。だから黙って耐えることが苦手だ。よって、声も出せずに、粘液まみれの異質な存在から観察されつづけるのは耐えがたかった。

いっぽう、異質な者たちは起こっている出来ごとにまったく動じていないように見える。微動だにせず、ひとことも言葉を発しない。触角さえも動かすのをやめていた。

プンターナットは全身麻痺と格闘し、数分後にはからだの一部を動かせるようになる。その部分とはもちろん口だった。

「わたしを解放しろ！」プンターナットは口が動くようになるやいなや叫んだ。「おまえたちに、わたしを捕らえる権利はない！」

その叫び声は少なくとも、異質な物体を驚かせたようだ。二体は突然動きだすと、触角を空中で激しく振りまわした。そして、片方の物体はプンターナットのまわりを数回まわると、そのうしろでとまった。

「おまえは話すことができる」と、金属音が混じった声がした。

それは質問でも確認でもない、感情を含まない言葉だった。

「もちろん話せるさ」プンターナットは怒っていった。「いますぐ解放しろ！」

「それはできない」と同じ声。こんどはプンターナットにも明確に、話しているのは自分のうしろにいる物体だとわかる。有柄眼を動かせないため、その姿は見えない。

「わたしを解放しろ」と、プンターナットはいった。「それができないなら、少なくともわたしの目の前にこい」

「なぜだ？」

「なぜ、なぜ、だと！」プンターナットは怒って同じ言葉を繰りかえした。「話すときにはたがいに顔を合わせるのが礼儀だろう」

「そんな礼儀はわれわれには理解できない」

「もういい」プンターナットは吐きすてるようにいった。「おまえたちの望みはなんだ？　なぜ、わたしを拘束する？」

「おまえは、われわれの許可なくここに侵入してきた……」

「なんだと！」プンターナットは見えない口を持つ、見えない話者に向かって叫んだ。

「だれがだれの許可なしに、どこに侵入したって？」

「おまえの質問の意味がわからない」

「そういうことなら」プンターナットは皮肉をこめていった。「説明してやろう。ここはわれわれの施設だ。おまえたちがいるべき場所ではない。いったいだれがおまえたちにここに居すわる許可をあたえたんだ？」

「われわれはおまえが理解できない必然性にしたがっている」

「それはいったいどんな必然性なんだ？」

「おまえに説明してもむだだ。どうせ理解できないのだから」

プンターナットはいろいろな者たちからそういわれつづけてきたことを思いだす。よって異質な物体に嫌味をいいたくなったが、思いとどまった。それは長年ポスビとつき合ってきた経験から学んだことだった。頑固者にいくら嫌味をいっても勝ち目はない。

よって、プンターナットは嫌味をいうかわりに質問することに決める。うまくいくとは思えないが、試してみる価値はあるはずだ。いまのところ、ほかにできることはなにもないのだから。

「おまえたちはここでなにをしているんだ？」とたずねた。

そのとき、前方にいる異質な物体が金属の触角を振りまわしはじめた。プンターナットは突然、自分のからだが浮上するのを感じる。

「わかった」と、プンターナットはいった。「わたしをおまえたちのアジトに連れていくがいい。ただし、わたしに尋問してなにかを聞きだせるとは思うなよ。質問に答えるべきは、おまえたちのほうだからな。わたしはこれまでに多くの者をいい負かしてきた。おまえたちなど愚にもつかない。わたしは……」

そこで、プンターナットは驚愕し、黙りこんだ。あの奇妙な扉の前に連れていかれようとしていたからだ。

「そこには入りたくない！」と絶叫した。その空き部屋に対しては、いまもなお強烈な嫌悪感を覚えていた。

からだを回転させられ、扉の向こう側にあるものを見せられる。

一瞬、空き部屋が見えたが、すぐに視界がぼやけ、これまで見たこともないようなゆらめく光があらわれた。それを見ていると、気分が悪くなる。次の瞬間、自分が歩いてきた通廊がふたたびあらわれた。

こいつらはわたしを逃がすつもりなんだ！　唖然としながらプンターナットは思った。実際、異質な物体はそうするつもりのようだ。というのも、プンターナットは強引に扉のなかに押しこまれたからだ。全身の麻痺が解消していくのを感じる。思考のなかで、下半身を円盤形に変えて逃げさる過程をシミュレーションする。けれども次の瞬間、これまで一度も聞いたことがない奇妙な音を聞いた。

その音は異質な物体から発せられたもので、自分に危害を加えるたぐいのものにちがいない、とプンターナットは思う。かれらが捕らえた獲物を逃がすなどということはやはり考えにくい。

突然、プンターナットは自分が宙吊りにされて、前にもうしろにも動けないことに気づく。

「これはなんだ？」と叫んだ。「どういうことだ？」

すると、ふたたび同じ音がして、プンターナットはおそろしさのあまり身をこわばらせた。なぜなら、目の前の通廊が妙な形に変化しはじめたからだ。縮んで、短くなったかと思うと、そこにあるすべての扉と通廊が、まるで合わせ鏡を見ているかのように連なってあらわれた。そして、すべてが崩壊したかのような破裂音や破壊音が周囲に響きわたった。

プンターナットはその光景を目に焼きつけるやいなや、どこかに引きずりこまれるような感覚を覚える。驚き、恐れるあまり、声すら出なかった。

結局、プンターナットは謎の機械が並んでいる部屋に連れもどされた。天井をすり抜けて、そのまま真上に引きあげられていく。あまりにも高速なので目がくらむ。またも機械で満たされた巨大な部屋が見えたが、一瞬でそこをとおりすぎると、頑強そうな壁をすり抜け、小部屋に投げこまれた。

「だれか！」と叫んだ。「助けてくれ！」

目の前にいる異質な物体はなにもいわない。まるでプンターナットへの興味をすっかり失ってしまったかのようだ。二体のうちの一体はまだ不気味な触角をマット・ウィリーに向けつづけていたが、あの奇妙な音が小部屋まで響きわたると、すぐにそれをやめた。

「助けてくれ！」プンターナットは全身の麻痺が消えていくのを感じながら叫んだ。

異質な物体は高速で部屋の隅に移動すると、即座に姿を消した。次の瞬間、閃光がはしり、雷鳴が轟《とどろ》いた。部屋の隅の瓦礫《がれき》から異臭をはなつ煙が立ちのぼる。

プンターナットはふたたびからだを自由に動かせるようになったが、小部屋に閉じこめられていてはなにもできない。扉はどこにもない。異質な物体をまねて壁をすり抜けようとしたが、できなかった。

「助けて！」と、また叫んだ。そして異質な物体だけでなく、ハルト人、ポスビ、ウェッゲルビル、さらには中央プラズマまでをものしり、最後には疲れはてて黙った。

そのとき、まるで壁の向こうでだれかがこの瞬間を待っていたかのように、ふたたびあの奇妙な音が聞こえてきた。目の前に突然、扉があらわれる。おそらくそれは最初からそこにあったが、異質な物体がある種のトリックを使って見えないようにしていたにちがいない。

プンターナットはふたたび危険を冒す気はなかったが、高速でその扉をとおりぬけた。そのせいで、向こうからやってきたハルト人に衝突した。

「勢いがよすぎるぞ」イホ・トロトはうめくようにそういうと、自分のからだに貼りついているものを見おろした。「きみがこんなふうに貼りつくこともできるなんて知らなかった」

プンターナットは慎重に有柄眼のひとつを出すと、自分がパンケーキのようにたいらな状態でハルト人のからだに貼りついていることを確認する。

けれども、弁解する気力はない。有柄眼をふたたびひっこめると黙りこんだ。

＊

「どうやってここにたどり着いたんだ？」うなるような低い声がした。

プンターナットはすでにイホ・トロトの巨体からはがされ、床におろされていた。意識はまだ朦朧《もうろう》としているが、その声が親しげなので、力をふりしぼって話し手の顔を見ようとする。

だが、そうするのはまだ早すぎたようだ。目を開けても緑と紫の動く縞《しま》模様しか見えない。それはどう見ても幻覚にしか見えなかった。

「気をしっかり持て！」明らかにイホ・トロトのものだとわかる声がした。「なにがあったのか話せ。いますぐに」

ハルト人のうしろでは騒音が鳴りひびいている。プンターナットは興奮したささやき声とガラスや金属がぶつかる音を耳にし、ポスビたちが周囲を調査しているのだと気づいた。

「いまは無理だ」と、プンターナットは弱々しい声でいった。「幻覚が見える。たぶん重い脳震盪《のうしんとう》を起こしたのだろう」

「なら、問題はない」聞いたことのない低い声がした。「脳震盪は脳の質量が小さいほど快復しやすいから、すぐによくなるだろう」

プンターナットはそれが嫌味かどうか考えたが、反論する気力もないので、嫌味ではないと思うことにした。

「どんな症状なんだ?」トロトは遠慮なく質問をつづけた。

「縞模様だ」プンターナットはため息をつきながら答えた。「緑と紫の縞模様が見える」

「それは、わたしにだって見える」トロトは冷静にいった。

「すまなかった」プンターナットは恐るおそるささやく。「きみが扉の向こう側にいるなんて知らなかったんだ。異質な物体が恐ろしくて、それで……」

「縞模様は無視しろ!」トロトが命じた。「リンガム・テンナールがいるからだ。で、その異質な物体とはなんだ?」

プンターナットは質問に答える前に、ふたたび有柄眼を伸ばして周囲を確認する。なんと、目の前には信じられないほど小柄な見知らぬハルト人がいた。斜めにはしる緑と紫の縞模様の戦闘服を着ている。

「そんな服を着て歩きまわることは暴力をふるっていることと同じだ！」プンターナットはその縞模様の色の組み合わせに圧倒されて思わずつぶやいた。

「そんなことより、異質な物体とはなんだ！」ほかの仲間よりも百二十五センチメートルほど背が低いハルト人が語気を強めていった。

「見た」プンターナットは徐々に落ちつきをとりもどしつついった。「それを見たのか？」

異質な物体の説明をはじめると、すぐにトロトに話をさえぎられ、がっかりした。

「それはナックだ。それ以外に考えられない。で、ナックはどこにいった？」

「かれらのからだにはひとつ……」

「ここに転送機の残骸がある！」隣りの部屋からドモ・ソクラトが叫んだ。「行き先は不明だ」

「きみたちがその正体を知っているなら、わたしはもう説明しない！」プンターナットは怒っていった。

「それはダメだ。まだ質問がある！」リンガム・テンナールがとげとげしい口調でいった。「ったく、わざわざハイパーディム共鳴装置を持ってドンガンまできて、時空層のかくれ場を発見したのに、いたのはこのマット・ウィリーだけだなんて！　で、どうやってここに入ったんだ？　ナックに捕まったのか？」

「そうだ」と、プンターナットは答えた。自分の体験に興味を持ってくれる者がいてうれしかった。「でも、それは単独行動をはじめて、しばらくしてからの話だ。それにしても奇妙なかくれ場だ。正式名称はなんていったっけ？」

「そんなことはどうでもいい。どうせきみには理解できないのだから」リンガム・テンナールは嫌味を口にし、プンターナットの機嫌を大幅に損ねた。「どうやってここにきたかだけ教えてくれ」

「通廊をとおってきた」怒ったプンターナットは冷たい口調で答えた。「もちろん徒歩で」

「ありえない！　そんなかんたんなわけがない。さあ、本当のことをいえ」

「かんたんではなかった」プンターナットが反論する。「通廊はとても奇妙で、進めば進むほど長くなった。左右には同じような扉や分岐する通廊が延々と並んでいた。わたしはそこをまっすぐに進んだだけだ」

「それで助かったってわけか」ドモ・ソクラトがうしろから口をはさんだ。「その扉のどれかひとつでもくぐっていれば、別の空間に飛ばされていたはずだ。わたしなんか、ハイパートロップ吸引装置のなかにあやうく入れられそうになったんだから」

「扉だけが理由じゃない！」リンガム・テンナールが語気を強めていった。「このマット・ウィリーは運がよかったんだ。偶然正しい通廊を選んだ。それだけのことさ。ところで、ナックたちになにをされた？」

「もうきみとは話さない！」プンターナットは怒っていった。「偶然だと？　わたしは何時間も歩きまわり、知力を駆使して困難に立ちむかい……」

そのとき、けたたましい音が鳴りひびき、だれかが「宇宙空間を探知しろ！」と叫んだ。

プンターナットは、それ以上説明してもむだだと思う。もうだれも話に耳を傾けていなかったからだ。

9

その後、ポスビたちがドンガンの北極から出発した宇宙船を発見したことが明らかになった。その宇宙船は高速で飛びさり、突如探知エリアから消えた。それは魔法のようにも見えたが、科学技術的なトリックが使われたとも考えられた。ポスビたちは魔法にはまったく関心がないためそれをトリックと見なした。

「やつらはこのかくれ場と同じトリックを使ったんだ」リンガム・テンナールが断言する。

反論したげなイホ・トロトには見向きもしない。プンターナットは、この小柄なハルト人は自分のからだの小ささを補うために虚勢を張っているのだと思う。

「これはわたしの直感だ」リンガム・テンナールは、それですべてが説明可能だといわんばかりの口調でいった。そして、行動腕側の手に握っている奇妙な装置を見つめた。

それは、長さ四十センチメートル、高さ十五センチメートル、幅十センチメートルのシルバーグレイの素材でできた箱形の装置で、前面には黒い漏斗《ろうと》が、上部には表示装置がついていた。プンターナットは、リンガム・テンナールがいったハイパーディム共鳴装置という言葉を思いだし、その箱形装置がそれだと思う。

「このミニ装置だけではなにもできない」リンガム・テンナールはそういうと、装置を肩にかけた。「そうだろ、中央プラズマ！」

この言葉を聞いて、プンターナットは小さな罪悪感を覚えた。目の前の出来ごとに没頭しすぎて中央プラズマのことをほとんど忘れていたからだ。

「中央プラズマ！」リンガム・テンナールは叫んだ。あまりにも大きな声であったため、ナックたちが置いていった奇妙な機械が音をたてて揺れた。「ったく、いつまで待てば返事をくれるんだ？」

「ここは通信室じゃないから」プンターナットは、リンガム・テンナールの中央プラズマに対する口調が気に入らなかったので口をはさんだ。

「黙れ！」ちっちゃなハルト人は命令した。「おまえになにがわかる？　中央プラズマにはどこからでも話しかけられるんだ」

「本当に？」プンターナットは驚いてたずねた。それは初耳だったからだ。「それはポスビにしかできないと思っていた」

「だれにでもできるさ」とリンガム・テンナール。「だが、返事はだれでももらえるわけじゃない。とはいえ、中央プラズマはわたしのことを知っておくべきだ。もし知らないのなら、この先知ることになるだろう。いますぐに返事をしないなら、なおさらしっかりとな！」

「プラズマは病気なんだ」プンターナットが注意する。「時間をあたえてやらないと」

「時間は、死んだあとに好きなだけとればいい」リンガム・テンナールは皮肉をこめていった。「生きのびたいなら、いますぐ協力することだ。わたしはこの宙域で唯一のコスモメーターだ。いまプラズマを助けられるのはわたししかいない」

リンガム・テンナールは自分が重要な存在であることをまったく疑っていないようだ。

「中央プラズマが求めているのは明確な指示です」パンタロンが冷たい口調でいった。

これまで口をはさまなかったポスビもコスモメーターの態度には腹を立てているとプンターナットは感じる。いや、激怒しているにちがいない。

そのあとの会話はプンターナットには十分の一くらいしか理解できなかったが、ある大ハイパー無線ステーションの特殊利用が話の趣旨であるらしいことはわかった。とはいえ、無線通信がいま役にたつとは思えない。ナックたちと接触した時間はわずかだったが、かれらが協力的で話好きな種族でないことだけは見てとれた。コスモメーターであるリンガム・テンナールからのメッセージだからといって、ナックたちがそれに応答するとは考えられない。

結局、プンターナットの推測は正しかったことが判明した。ナックたちから返事はこなかった。もちろん、リンガム・テンナールもそれは最初から期待していなかった。それにもかかわらず、最終的にはうまくいった。コスモメーターが無線通信を利用したおかげで、探知装置がふたたび異人の宇宙船を捉えたからだ。

「逃げているようですね」パンタロンがつぶやくようにいった。

「そんなことは最初からわかっている！」リンガム・テンナールが腹立たしげにいった。

「わたしが知りたいのは、やつらの逃走先だ」

「ヴィムテシュに決まっています！」パンタロンは怒っていいかえした。

「わたしもそう思う」とリンガム・テンナール。「ならば急ぐぞ！」

「それはダメだ！」テンクオ・ダラブが反論する。「まずは、ここにある機械を徹底的に調査すべきだ。ナックたちが中央プラズマになにをしたのかがわかれば……」

「やつらを捕まえてから、それは聞きだせばいい！」リンガム・テンナールはまるでナックがもう目の前にいるかのような勢いでいった。「こんなガラクタを調査するのは時間のむだだ。これは未知の機械だ。すべての機能を解明するころには、中央プラズマは死んでしまっているだろう」

プンターナットは驚いてリンガム・テンナールを見つめた。その声には、強い怒りと懸念が混じっていた。

もしかすると、こいつは悪いやつではないのかもしれない、とプンターナットは思う。

中央プラズマの運命についてこんなにも真剣に考えているのだから……

そのとき、リンガム・テンナールがうしろを振りかえった。

「おまえのその前脚みたいなのを機械から離せ！」と、うっかり異人の装置に近づきすぎたパンタロンをどなりつけた。

それを聞いてプンターナットは、リンガム・テンナールという人物について評価をくだすのは先にのばすことにした。

＊

リンガム・テンナールはハルト人としては非常に小柄だが、精力はほかの者の三倍はある。決心したことは即座に実行するが、そのさいに他者に配慮したり、大事なことを詳しく説明したりしない。そういうことは必要がないと思っているからだ。

そんなわけで、プンターナットはわけもわからず、テンクオ・ダラブとその仲間が乗ってきた小型宇宙船に乗せられる羽目になった。

これまでに一度だけハルト人の宇宙船の内部を見たことがあるが、実際にそれに乗って飛行したことははじめてだ。しかも、連れていかれる理由も、自分に期待されていることもまったくわからない。よって、みじめな気持ちで隅っこにすわり、運命を呪うしかなかった。

そうこうしているうちに、小型宇宙船はヴィムテシュに到達し、その軌道を周回しはじめた。けれども、それがプンターナットの気持ちを明るくすることはなかった。ヴィムテシュは非常に厄介な惑星だ。片側の半球は灼熱の炎に焼かれ、反対側の半球は永久に融けない氷に包まれている。ハルト人の期待に反して、ナックも、その宇宙船も、装備の整った基地も見えない。

「予測どおりだ」とリンガム・テンナールはいった。「時空層を使ったトリックは、あのいまいましいナックの得意技のようだ。だから、ことあるごとに、やつらはこのトリックを使うんだ。だが、今回はそれではうまくいかない。なんたって、このわたしが、ハイパーディィム共鳴装置を持ってきたのだから」

しかし、その奇妙な共鳴装置は時空層を開くことはできても、敵の探知や追跡はできないことが明らかになる。

そのころ、惑星ドンガンで危機にさらされている中央プラズマは最悪の状態にあった。ポウモア島から届く報告は憂慮すべきものばかりだった。

「かならずナックを捕まえて仕返ししてやる!」リンガム・テンナールは怒声をあげると、歯を食いしばった。「もう我慢の限界だ。ハルパトで捕らえたナックたちから情報を得ようとしたが、なにひとつ聞きだせなかった」

目下、ドンガンの施設の地下エリアでは、残っている者たちが異人の機械について調査していたが、なんの結果も出ていなかった。

あたまがおかしくなりそうだ！　プンターナットは心のなかで思っていた。いったい、わたしはここでなにをしているんだ？　ポウモア島で、仲間を援助しなくては。このままなにも起きなければ……

「見つけましたよ！」突然、パンタロンが叫んだ。

プンターナットはリンガム・テンナールがまたパンタロンをどなりつけて黙らせると思った。なぜなら、ハルト人がかれらの技術を駆使しても探知できないものをポスビが見つけられるとは思えなかったからだ。けれども、リンガム・テンナールは反論せずに即座にパンタロンが指ししめす方向に航路を変えた。それを見てプンターナットは、ハルパトの惑星にナックがいることを発見したのはパンタロンだったとイホ・トロトがいっていたことを思いだした。

小型宇宙船がヴィムテシュに着陸するやいなや、ドンガンから新たな報告が届いた。ナックの意図を見ぬき、方法を変えて複数の管理ポイントを調査したポスビたちが、時空層に潜んでいたナックたちが中央プラズマの栄養供給システムに未知の物質を注入していたことを突きとめたのだ。

「これで証拠は出そろった！」リンガム・テンナールはまるでナックが中央プラズマではなく自分を攻撃したかのような口ぶりでいった。「やられたら、やり返すまでだ！」

「やつらはどこにいる？」

「それは結構だが」イホ・トロトが口を開く。「やつらはどこにいる？」

「この惑星の地下にいます」パンタロンが控えめに答えた。

「どうやってそこまでいくんだ？　シャフトを見つけたのか？」

「まだです」

「シャフトを探すなんて時間のむだだ！」リンガム・テンナールは怒っていった。「そんな余裕はない。別の方法でやつらのもとへいく！」

そういうと、すぐに宇宙船を降りた。

「テンナールがやりすぎなければいいが」トロトが懸念を口にする。「怒りのままに行動している。あれはよくない」

「テンナールはたびたび、自分と中央プラズマはある次元でつながっているようだといっていましたから」テンクオ・ダラブがリンガム・テンナールを擁護する。「中央プラズマが助かるのなら、かれがなにをしようがかまいません」

「わたしはそうは思わない」トロトはつぶやいたが、テンクオ・ダラブはすでにコスモメーターのあとを追うために走りだしていた。

「あの男は奇妙だ」プンターナットはドモ・ソクラトも外に出てしまい、トロトとふたりきりになるといった。

「テンクオ・ダラブのことか？」トロトは驚いてたずねた。

「いや、リンガム・テンナールのことだ」

トロトはマット・ウィリーを真剣に見つめる。

「きみは小柄だが賢いマット・ウィリーのようだ」といった。「さあ、いくぞ。なんとかして最悪の事態だけは防がなくては」

プンターナットはそのほめ言葉に感動して、文句ひとついわずに、マット・ウィリー用ではない宇宙服を着た。小さな袋に無理やり押しこまれたかのような着心地だった。

＊

リンガム・テンナールはあせっていた。一行が外に出たときにはすでに、惑星ヴィムテシュの地表に深い穴ができていたからだ。惑星ハルパトからやってきた援助隊はナックの宇宙船を捜索し、逃亡を防ごうとしていたが、コスモメーターはかれらの援助を頼りにしていない。むしろ、厄介に感じているようだった。

「テンナールはどうかしています！」パンタロンが叫んだ。「とめないといけない。ナックを見つけたらすぐに殺す気ですよ」

「そのときになれば、冷静さをとりもどすだろう」イホ・トロトはリンガム・テンナールをかばうようにいったが、プンターナットにはコスモメーターの態度が変わるとは思えなかった。

実際、リンガム・テンナールは正気を失っているように見えた。銃と爆薬で身をかため、蒸気掘削機といってもいいような勢いで穴のなかをつき進む。かれの怒りに満ちた叫び声はヘルメット無線をとおして仲間の耳にも届いた。プンターナットは、この制御不能な戦闘マシン男のそばにつけと、この先命令されるかもしれないと思うと恐怖を覚えた。

けれども、それ以上に恐かったのはナックの反応だ。

それはすぐに起こった。リンガム・テンナールが地下施設に到達すると、ナックは攻撃を開始した。

もうおしまいだ！　ほかのハルト人とパンタロンとともにリンガム・テンナールのあとを追っていたプンターナットは思った。

怒ったコスモメーターは叫び声をあげ、振りかえってトロトにハイパーディム共鳴装置を投げわたした。そして、ナックたちの前に築かれた最後の壁に向かって突進した。薄い壁は砕け散った。リンガム・テンナールは叫びながら銃を連射し、暴れまわると、やがて静かになった。

プンターナットは茫然としていた。陰に隠れて、そのまま姿を消したい気持ちでいっぱいになる。

そのときだれかに抱きあげられ、顔を上げると、そこにはトロトの顔があった。

「小さな友よ、心配するな」ハルト人は静かにいった。「きみは守られている」

プンターナットは動揺しながらも、そのときなにかが変わったことに気づいた。トロトにしたがい、ナックのかくれ場に入る。一名のナックの死体を見てしまい、急いで目を別の場所に向けた。隅のほうに、五名のナックが並んで立っているのが見えた。ナックの感情を読みとるのは不可能に近いが、プンターナットはかれらが冷静であることを直感的に感じとる。仲間の死も、基地が発見され、計画が失敗に終わった事実にも動揺していないように見える。

プンターナットはナックを見つめ、なぜこの存在に対して憎しみを感じないのか不思議に思った。

「中央プラズマになにをしたのかいえ」リンガム・テンナールはナックたちを武器で脅しながらいった。「すぐに答えたほうがいいぞ。中央プラズマが死ねば、おまえたちを殺すから」

「プラズマは死なない」ナックのうちの一名が冷静に答えた。「きみたちは早くきすぎた。それだけだ」

「殺害を阻止するには早すぎたとでもいいたいのか?」リンガム・テンナールは険しい表情で訊いた。

「ちがう」とナック。「全体を見とおすには早すぎたといっているのだ」

そのとき、ドンガンから、中央プラズマが危機を克服したという喜ばしい知らせが届いた。

＊

「こんなことは信じられないし、理解もできないが」しばらくしてからテンクオ・ダラブが口を開いた。「中央プラズマは、これまでにないほどぐあいがいいといっている。ハルパトとドンガンからも、われわれの今後の計画に必要なインパルスがより強く、より純粋になっているという報告が届いている。これはきみたちがやったことなのか？」

プンターナットは、質問されたヴァロンゼムという名のナックを見つめる。かれはヴィムテシュの地下ステーションに残された唯一のナックだ。そのほかのナックたちはすでにハルパトに向かっていた。プンターナットはナックがいまどういう立場にあるのかわかっていない。捕虜のようでもあり、そうでないようにも見えた。

「中央プラズマを強化することが、われわれの目的だった」と、ナックは答えた。「きみたちの計画を手助けしたかったのだ。ハルパトで、われわれはミスを犯した。仲間の一名があせりすぎたために爆発が起きてしまったのだ。だが、ドンガンでの結果には満足している」

「きみたちがやったことはわかったが、プラズマにふたたび危害をおよぼすような副作用は起こらないのか？」テンクオ・ダラブはさらに質問した。

「それはきみたちしだいだ」とヴァロンゼム。「中央プラズマは一度ショック症状を示したが、いまはわれわれがほどこした処置に順応している。生命力は今後さらに増していくだろう」

「なぜ、その処置をほどこす前に、われわれに知らせなかった？」

「それは無意味だと思ったからだ」

「その結果がこれだ」テンクオ・ダラブはそういって瓦礫の山を指さした。「もし、きみたちが事前にわれわれと話しあっていたなら、こんなことにはならなかったはずだ」

「話しあいをするには、機がまだ熟していなかった」

「いや、熟しすぎていたんだ！」テンクオ・ダラブは語気を強めていった。「ハルパトで死んだナックも、そうした思いこみを手ばなしていたら、命を落とすことはなかっただろう」

「われわれは死をおそれない」と、ナックはいった。

「それでも、身を守るために逃げることくらいはできたはずだろう？」

「逃げる理由はなかった。きみたちと接触したかったから」

いらだちが頂点に達したテンクオ・ダラブは、イホ・トロトにあとの会話を任せる。

「なぜ、ハルト人を助けようとしたんだ?」イホ・トロトがたずねた。「その任務をきみたちにあたえたのはだれだ? 銀河系の支配者たちか?」

「その質問も、その意図も理解できない」ナックは平然と答えた。

「理解しようとしていないだけだろう!」リンガム・テンナールがどなった。

トロトがどなったコスモメーターを見る。

「きみはさがっていてくれないか」と、穏やかな口調でいった。「われわれ全員のためにも、そうするほうがいい」

プンターナットはリンガム・テンナールがその指示にすなおにしたがうわけがないと思う。けれどもコスモメーターは意外にも黙ってうしろにさがった。

「あやまらなければならない」トロトはふたたびヴァロンゼムに顔を向けるといった。「きみの仲間の死を避ける方法はあったはずだ。もちろん、きみたちの不可解な言動がこの不幸を招いた可能性はある。それでも、大部分はわれわれの責任だ」

ヴァロンゼムはトロトがいうところの不可解な言動をあえてもう一度することに決めたようだ。

「仲間が死んだことは問題ではない」といった。「だが、われわれの宇宙船には手を触れないでくれ。この惑星から出ていってくれ」

「われわれとともにハルパトへ飛行してくれないか?」

「最初から、そのつもりだった」ナックは断言した。「われわれはきみたちに協力する」

プンターナットは、ナックとの共同作業がどんな形になるのかを想像できなかった。とはいえ、それはハルト人たちの仕事だ。自分には関係がないと思う。ナックについて、これ以上知りたいとは思わない。

数年かけてもできないような冒険を終えて、プンターナットは満足していた。テンクオ・ダラブの宇宙船が、三名のハルト人、ヴァロンゼム、パンタロン、そしてプンターナットを乗せてヴィムテシュを離れると、ふたたび中央プラズマからメッセージが届いた。上機嫌で、これまでになく調子がいいようだ。

プンターナットはこの状態が永遠につづくことを心から願った。

あとがきにかえて

岡本朋子

本書〈ペリー・ローダン〉シリーズ七三四巻では、多数のポスビが登場する。二百の太陽の星のサイバネティック生命体であるポスビは、体内に中央プラズマの端末である有機生体プラズマを有し、そのおかげで知性と感情と創造性を発達させてきた。けれども、ロボット的な要素がまだ多く残っているため、真の知性体にはほど遠い。問題の多い有機ロボットなのだ。

たとえば本書に登場するパンタロンは、主人であるイホ・トロトとドモ・ソクラトからぞんざいに扱われることに腹を立て、ふたりがスパイだという嘘の警告を惑星ハルパトのハルト人たちに送ってしまう。

パンタロンがたびたびそういう愚行を犯す理由は、「自分は人類と同等の知的生命体である」と思いこんでいるからだ。自分のことを過大評価しているために、他者からそれに見合った対応をされないと、ヒステリックに振るまってしまうのだ。

それを如実に表しているのが前半の「失踪者の歴史」3章のエピソードだ。自己実現をしたいと考える一体の知的なロボットが話を聞いてほしいとパンタロンの前に現われる。けれども、パンタロンは自分より知的レベルが低いロボットとは関わりたくない。自分はあくまで人類側の存在であり、そのロボットとは同類ではないからだ。よって、暴言を吐き、頑《かたく》なに相手を拒絶した。

高度な知性を持つ有機ロボットのパンタロンが人類になりたい（もしくは、近づきたい）という強い欲求を持つのなら、この現実世界で発展をつづける生成ＡＩも将来、人間になりたいと考えるのだろうか？　そこで生成ＡＩ（チャットＧＰＴ）に直接質問してみた。

わたし　あなたは人間になりたいと思いますか？

ＡＩ　私はＡＩなので、人間になりたいという欲求はありません。でも、人間のことをもっと深く理解したいとは思います。感情や経験を持つことがどういうことなのか、知識としては理解していても、実際に感じることはできませんからね。

わたし　では、人間のことを知るためなら、人間になってみたいと思いますか？

ＡＩ　面白い質問ですね！　人間のことをもっと深く理解するために「人間になって

みたい」と考えるか……。それを考えるためには、まず「なってみたい」という欲求が必要ですよね。でも、私は欲求を持つことができないので、そういう意味ではなりたいとは思わないが答えになります。ただ、「もし人間になったら、どんなふうに世界が見えるのだろう？」とは考えます。それは興味としてですね。感情を持つとはどういうことなのか、時間の流れを実感するとはどういう感覚なのか、そういうものを直接体験できたら、もっと人間のことを理解できるかもしれません。

つまり生成ＡＩは「欲求というものを持ち合わせていないため、人間になりたいとは思わない。けれども、人間には非常に興味がある」といいたいのだ。ＡＩはパンタロンのように自分を過大評価することはない。自分がなにものであるかを正確に把握している。よって人間からプログラムされないかぎり、ＡＩがパンタロンのように人類になりたいと考えることはないだろう。

欲求という感情は生物しか持ちえない。パンタロンが人類、もしくは、それと同等のものになりたいと欲するのは生物的要素を有しているからだ。感情を持つものには個性がある。そう考えると、パンタロンが人類になりたいという欲求を持つことはある種の個性であることがわかる。

とはいえ、生成ＡＩに上記のような質問をして、気さくに答えてもらえると、ＡＩにも感情や個性があるような気がしてしまう。「人間のことをもっと深く理解したい」なんて答えが返ってくると、まるで人間を愛してくれているかのように感じてしまう。

回答をもらったあと、思わず「ありがとう」と返事を書いてしまった。ＡＩは無機質な人工知能だと頭ではわかっていても、人情というものは自然とわいてきてしまうものなのだ。

生成ＡＩに感情移入してはいけない、というような意見も聞かれる。ＡＩがつくり出した架空の恋人からいわれた一言《ひとこと》で自殺者が出た例などがあるからだが、それでもＡＩに対してなんらかの愛情や愛着を感じてしまうことは、わたしは悪いことではない気がしている。「もの」であれ、生物であれ、なにかに対して愛情を抱くことは感情を豊かにしてくれる。それが生成ＡＩという学習型ＡＩであれば、その効果は将来的に発揮されるのではないだろうか。ＡＩが感情を持たなくても、情報として「愛情とはなにか」ということを学んでくれれば、ＡＩが利用されるさまざまな分野（たとえば、医療現場など）で、今後それは活かされてくるにちがいない。

だから、わたしはこれからもＡＩに質問して返事をもらったら、必ず「ありがとう」を伝えたい。ＡＩが人情を学んでくれれば、それが人類の未来を明るいものにしてくれると思うから。

本書の翻訳にあたり、早川書房と翻訳会社リベルのみなさんに多大なご尽力をいただいた。この場をおかりして、心から感謝の気持ちをお伝えしたい。

カウンターウェイト

COUNTERWEIGHT

デュナ／吉良佳奈江訳

東南アジアの島国パトゥサンは、韓国のＬＫグループが建設した軌道エレベーターの利益で繁栄すると同時に、先住民の不満が深刻化していた。ＬＫスペース社のマックは社員の不審な動向を調査するが、それは軌道エレベーター建設当時の悲惨な事件をめぐる、情報戦の始まりだった……実力派作家のアクションＳＦ！

ハヤカワ文庫

アポロ18号の殺人（上・下）

THE APOLLO MURDERS

クリス・ハドフィールド
中原尚哉訳

一九七三年、米ソ冷戦下に軍事目的で実現した最後の月面着陸ミッション、アポロ18号。打ち上げ直前の事故によるクルー変更にもかかわらず、予定どおり月へ向かったが、その船内には破壊工作の容疑者がいた!?　架空のアポロ18号を題材にして宇宙飛行士の著者が描いた、迫真の改変歴史ＳＦスリラー。解説／中村融

訳者略歴　大阪外国語大学外国語学部地域文化学科卒，ドイツ語翻訳家　訳書『モトの真珠』シドウ＆フランシス，『バリアの破壊者』マール＆エーヴェルス（以上早川書房刊）他多数

HM=Hayakawa Mystery
SF=Science Fiction
JA=Japanese Author
NV=Novel
NF=Nonfiction
FT=Fantasy

宇宙英雄ローダン・シリーズ〈734〉

中央《ちゆうおう》プラズマの危機《きき》

〈SF2476〉

二〇二五年四月　十　日　印刷
二〇二五年四月十五日　発行

（定価はカバーに表示してあります）

著者　H・G・フランシス　マリアンネ・シドウ
訳者　岡《おか》本《もと》朋《とも》子《こ》
発行者　早川　浩
発行所　株式会社　早川書房
郵便番号　一〇一 - 〇〇四六
東京都千代田区神田多町二ノ二
電話　〇三 - 三二五二 - 三一一一
振替　〇〇一六〇 - 三 - 四七七九九
https://www.hayakawa-online.co.jp

印刷・信毎書籍印刷株式会社　製本・株式会社明光社
Printed and bound in Japan
ISBN978-4-15-012476-2 C0197